文芸社セレクション

# 僧侶になる

八代 勝也

YASHIRO Katsuya



文芸社

# 目次

飯出山泉現寺は山間にある。檀家は二百軒程度のお寺である。
以前は、もっとあったらしいが、時代の流れにより減ってしまった様である。
住職の安邊斉定は六十三歳、子供は無かった。
此処に、ある時から住職の代わりを務めている尼僧が居た。

# 不思議な女

貧乏なお寺であるが、食うには困らない。檀家から、米、野菜、味噌等は絶え間なく運んでくれるからだ。

これも地域性と住職の人柄の良さからであった。

参道の左には秋葉神社がある。今は、祭礼がある時以外は閉じている。明治以降、神仏分離令により今ではお寺で管理はしていない。意外と立派な神社である。

前には広い砂利敷きの駐車場がある。お寺もこれを利用している。寺の参道は、坂になっており車一台やっと通れる程度でくの字に曲がっている。

そこから本堂に通じる石段がある。

町道側に池がありその高台がお寺である。境内には大きな枝垂れ桜が池側に垂れ、紅葉の老木がその脇に横に枝いっぱいに広げている。

今の住職で二十代目と言うから相当古いことが判る。

境内は意外と広く庭は広く整然としている。

裏には、段々の墓地が扇の様に広がって、周りは杉林となっている。


此処に一人の謎めいた女がやって来た。

名前は、京極顕子と言う。この時女は三十三歳。実家は和歌山で仏像の修理、古い絵画の修理、屏風掛け軸等の修理復元を生業にしている。

建物の修理保存も手掛けていた。大工職人は四人程置いていたが、それを得意とする業者にも外注していた。専属の設計士もいるので、新築でも改築でも関連するものは手広くやっている。

曾祖父は仏師であったが父は主に仏像の修理彩色と絵画、それと仏具の修理と掛け軸の修理が主であった。職人は十数人程で、著名なお寺や神社からの依頼が主であった。

顕子は、その中で絵画（日本画）と掛け軸の修理担当であった。美術大学の日本画を専攻して父の工房で兄と働いている。結婚はまだしていない。父の職人の中から無理に勧められていたが、少し変わって勝気な様で自信の無い顕子はその気になれなかった。このまま惰性で続けることの虚しさと孤独感を感じていた。

気分転換として高校の教師をして充実した生活を送り掛けた頃、顕子の性格には受け入れられない事態になり、教師を辞める事になった。

自由に生きたい、絵を描きたい感情を抑え切れずに過ごしていた。そして旅に出ようとした。奥州陸奥地方に行こうと決意して、まず仙台方面に向かったのである。

みちのくへ涼みに行くや下駄はいて、と言う正岡子規の旅日記『はて知らずの記』も顕子を誘った要因である。

子供の時からお寺が好きだった顕子は地方のお寺を廻った。お寺に泊めてもらう事もあった。不審者として追い返された事もあった。そんな時は車で寝泊まりして済ませていたのである。

時々鄙びた温泉宿に泊まる事もあった。

静かな環境が顕子は好きだった。特にお寺の妙に静かな環境に癒されていたのかもしれない。

南下して午後福島の会津に着いた。会津地方はお寺が多い地域である。喜多方の長床と言う所には感動した。そこは新宮熊野神社と言う所だった。

銀杏の葉は黄色になりつつ、落ちた葉は、真っ黄色の厚い絨毯の様だ。

その光景に心を癒され暫くじっと立ちすくんでいた。

絵を描きたい衝動が起きた。車から画材を取り出し描き始めたのである。

茅葺屋根、太い数十本の丸い柱、高床の厚い板張り、外は全部吹き抜け、顕子の心に浸み込む様に震えを感じた。床に上がり座ってみると、多くの修行者の座禅姿が浮かんだ。

夕方になり明日も来ようとして、受付の事務所で、泊まる所を聞いたが、市内の方に行かなければないと言われ、その晩は市内の小さな旅館に泊まる事が出来た。

翌朝描き始め、見物客を気にする事もなく無心に描いていると、此処をボランティアで管理しているという老人が後ろで覗き込んで暫く立っている。その気配に気が付かずに描いていると、「良いですね、あなたは画家ですか」という声がした。

「いいえ、趣味で描いています」

「色んな人が来ますけど、あなたのが一番良いな、どこから来ました?」

「はい、和歌山から来ました」

「なに和歌山? 遠いところから来たんだねえ」

こんな会話から老人は暫く眺めていたが、突然低い声でその絵が欲しいと言ってきた。

「こんな絵で良かったらあげますよ、写真を撮ったから家に帰ったらもう一度描き直しますから」

と言うと、老人はぜひ欲しいと言った。金は支払うと言ったが頭子は受け取る気は無かった。

「私は、これが商売ではありませんので金は頂きません」と言い、「もう少し丁寧に描きたかったけどここで終わりにします」と言い、その絵を老人に渡した。

「只って言うのは気が引けますから金は出します。私が欲しいと言ったのですから」

　顕子は、頑なにそれを断って、絵を老人に渡したのである。

「うわー、嬉しいです。せめて画印か名前を入れてくれませんか」と言うと、顕子は日付と顕子の名前を書いて渡した。

　すると、老人は、もう閉める時刻ですからどうぞ家に寄って行きませんかと家に誘われた。急ぐ旅では無い顕子は、それに甘えた。

　家はすぐ近くであった。庭は綺麗に整理され整然としている。その中に侘助の木があるのを見つけた。

「侘助ですね」と顕子が話すと、

「侘助を知っているのですか、みんな椿だと言いますが、侘助と言ったのは、あなたが初めてです。まあ椿の仲間ですがね」

「お茶をおやりですか」

「家内が嗜む程度で、たまに入れてくれますよ」

玄関の壁には、年季の入った欅板に蒲生将司の表札が掛かっていた。

玄関から入ると、竹の水差しにその侘助が一輪何気なく壁に掛けられていた。

季節柄掘炬燵があり、温かく迎えてくれたのである。

奥様が早速茶を出してくれた。丁寧な奥様の挨拶は顕子の緊張感をほぐしてくれたのであった。少しの時間でもこんな家庭での生活は顕子には無かった。

夫婦して学校の教師をしていたらしく、老人は高校の校長で退職したと聞いた。

奥様は趣味で、ちぎり絵をしていると言う。玄関や部屋にその絵は飾ってあった。

老人が、顕子の描いた水彩画を奥様に見せると、目を輝かせて、

「お父さんこれ貰って良いの、私もちぎり絵で描いたけどこんなに良く描けないよ」

顕子は、夫婦に聞かれた通り自分の仕事や故郷の話に弾み、自分が放浪の旅に出た経緯を、この老人夫婦には抵抗もなく話せた。

余り感情を表に出さない顕子は、誘導尋問に掛けられた様に自分の事を話し

てしまった。

こんな会話は、今までに無かった事だった。

顕子は、自分が育ってきた環境と全く違う世界を感じていた。心が癒されなんとも言えない温もりを感じたのである。これは今までに味わった事の無い感覚だった。

聞きなれない会津弁と人の優しさに一層顕子の心は癒された。

外は暗くなってきた。そろそろと帰りますと言い、顕子は出したことも無い名刺を渡してお邪魔しようとした。

「これから何処に行かれますか？」

「これからですね、もう一晩旅館に泊まって、明日は、何処に行くかは決めておりません」

「急ぐ旅では無いなら、今晩泊まって行ってください。これも何かの縁ですよ」

そう誘われると、顕子もその気に心が動かされてしまったのである。

思いもよらなかった夕食をご馳走になり恐縮しながら、想い付いた様に顕子は、老人にあそこで座禅をしたいと言い出した。

今まで何回かしてきたが、なぜかしっくりこなかったからだった。雑念と耳鳴りの様な、走馬灯の様な物に襲われてそこから抜け出せないでいるのだった。

「そうですか、したいですか。ならば明日朝早く誰も来ない内なら、私が立ち会いでさせてあげましょう」と言ってくれた。

次の朝、老人に入り口の事務所を開けてもらい、一人冷たく広い板の間に座禅を組んだ。

会津の冬が間近に感じた。吐く息は微かに白く、身体は寒さに晒され手の冷たさを覚えたが、なぜか心が落ち着いた感じがした。

蒲生さんは、事務所で待っていてくれた。時間の経過は忘れたが何故か心がすっきりした様な気持ちになった。

老人にお礼を言い、朝食も頂いて蒲生家を後にする事にした。

此処で老人から聞いた会津三コロリ観音と言う処に行く事にした。

その場所とは、お参りしてお願いすれば苦しまないでコロリと逝くと言う意味らしい。

最初に立木観音に行った。一本の大木に観音像を彫ったと言う寺だ。意外と観光客が多い。

参道は古い杉並木がありあまり大木には見えなかった。入り口には、お土産品の店があり、春日八郎の歌が流されている。別れの一本杉と言う歌だ。

この地が彼の出身地だと聞いた。

なぜかこの場所には馴染めない様に思えた。境内には、真っ赤な紅葉が窮屈な場所で哀れに見えた。建物と観音像のスケッチを描いて、さほど感激も無く感じられ、此処を後にした。

次に鳥追観音、中田観音を回った。会津三十三観音と言われるほど観音様が多いと聞いたが、この三か所だけにした。

次は何処に行こうかと地図を見ながら、国道四〇〇号を西の方に向かった。道路標識に田島方面の案内を見て、此方の方に車は向いた。実にいい加減な旅である。

十一月半ばになった。雪が降る前に和歌山に帰ろうと思っていたのだ。

途中、昭和村から、、、むしの里と言う施設に立ち寄り、此処で初めてからむし織と言うものを見た。まるで水墨画の様な織物は顗子の心に癒されるものがあった。少し値が高いと思いながら端切れの様な布を一枚とタペストリーを買って此処を後にした。

花瓶の下敷きに良いと思ったからだ。

三時頃南会津の田島と言う町に着いた。駅前の案内所で旅館を見つけ、此処でもう一つお寺を探して、それから帰ろうと思った。

木造であまり大きくない旅館を選んだ。田島荘と言う旅館だった。団体客や騒々しいのは好きでは無かったからだ。

静かで京都の旅館に似ていた。土産品など置いてはいない、昔ながらの古い旅館である。周囲は吉野山の様な雰囲気が漂っていた。

受付前の広間に、日本の三大祇園祭と言うポスターが目についた。

二階の楓の間と言われ案内もなく和室の部屋に入った。しつこく付きまとわれるのが嫌いな顗子には良かったのだ。

余り着飾ってはいない着物姿の女将らしき人が部屋に来て丁寧な挨拶を受け、女一人では不思議に思ったのだろう。

「もう炬燵の季節になりました、珍しいですか？」

炬燵の上にお茶を入れてもらい夕食と昼食の案内を受けた。

この辺の女では無いな、女一人とは不思議と思ったのだろう。

「お一人様で何処か旅でもしているのですか？」

「はい、ただぶらっと此方の方に来ただけです。ここは良い所ですね」と答えるだけであった。顕子は、祇園祭のポスターを見て女将に聞いた。

女将は誇らしげに顕子に説明をしたのである。顕子は京都の祇園祭は知っていたが、この地にもあるとは知らなかった。時期は真夏であるらしい、何時か来る時があれば見たいと思った。

「どちらから来られましたか？」

「和歌山です。仙台の方から此方の方に当てもなく旅しています。怪しい女でしょう」

「先日喜多方の新宮熊野神社に行ってきました。此処は感動しました。今日は会津三コロリ観音を見てきましたけど、まあまあでしたね、私は飾り気のない所が好きなのです」

顕子は不審な女と思われるのが嫌で名刺を渡し、自分の仕事の内容と旅の説明をした。怪しい訳あり女は解消されると思ったからだ。

食堂で夕食をすませ、町の観光地の地図を眺めていると、女将が話しかけてきた。

「明日は、何処に行かれますか」

顕子は、「またお寺か神社を見たいですね、有名でなくて小さな山間の何処かを探しているのですが」

「お寺ですか？　若いのにどうしてお寺ですか？」

「私変わっているでしょう、子供の時から何故か好きだったみたいです。尼さんに憧れた時があったのです。祖父の影響かもしれません」

「お独りですか？」

「独り者です。結婚は出来ません、不幸になりますから」

「そうですか、結婚したから幸せとは限りませんね。もし良かったら、私の兄がこの先でお寺の坊さんをしている所があります。町から離れた静かなお寺で泉現寺と言います。前の道を右の方に行くと川の橋がありますから、その手前を右に暫く行くと右側の少し高台にありますからそこに行ってみてください。私の兄は寺を継ぎましたが、子供がおりません、奥様は寝たきりです。一人でやっています」

翌朝顕子は、言われた通りに行くと、川の両側には田んぼが山に沿って広がっている。

刈入れが終わった稲株は規則正しく整列している。それから間もなく確かにそのお寺は右側の高台にあった。気が付かなかったが神社と並んでいた。

神社の前に車を止めた。正面には左右に石彫りの狛犬が苔に覆われ台に鎮座している。

杉の大木に覆われた石階段を上り鰐口を叩きお参りをした。

右側の寺の参道は、両側に年代を感じられる石柱が立って、飯出山泉現寺と太く深い文字が彫られている。

山門をくぐると右側に溜池がありその上の土手には真っ赤な紅葉が横いっぱい広がっていた。それは、下の池に映り絶景に見えた。昨日コインランドリーで綺麗にしてきた真っ赤なフード付きのヤッケを着て、参道を上がって行った。

本堂前の石階段を上がると中間の踊り場には六地蔵が並んでいた。落ちた杉や木の葉が掃われる事なく被っている。

本堂の前に出た。

左の奥に珍しいメタセコイアの大木が天を突き刺すように立っている。その脇に銀杏の木が半分葉を落として枝を見せていた。昨日見てきた光景と同じだ。ここから裏の墓地に行ける様だ。境内は結構広い。本堂の脇には芯を止められた菩提樹があった。本堂の入り口の戸はアルミサッシだ。

その上には分厚い板に泉現寺と書かれていた。これは最近掛け替えられた様に見えた。

屋根は意外と思ったが銅板葺きであった。ここで礼をして、庫裡に向かうと、池側にシュロの木と枝に白い苔がへばり付いたさつきが植えられ、そこに紅葉の老木があり、大木は龍の様に横に這っている様にも見える。

近くで見ると圧巻であった。

紅葉は終わりの様に見えた。真っ赤な落ち葉は絨毯を敷き詰めた様に落ちていた。

暫くそこに立ちすくんでいると、玄関から住職に声を掛けられた。

「誰だい？　この辺の人では無い様だが」

「すみません突然、田島荘の女将さんから聞いて来ました。すごいですねこの紅葉、見させてもらいました」

「あらそうでしたか、妹から電話がありました。京極さんですね？」

「あなたの服紅葉色なんて、紅葉の精霊が来たようですね、似合っていますよ」

「そうですか有難うございます。意識して着てきた訳でもありませんが、偶然ですね。もう少し見させてください。出来れば紅葉の絵を描きたいのですがよろしいですか」

「どうぞどうぞ好きなだけ描いてください、その前に庫裡に上がってお茶でも上がってください」と誘われた。

顕子は、言われるがままに庫裡に入ろうとした時風が吹いて紅葉が飛んで池の方に飛んで行くのを見た。龍が木をゆすぶったかの様に見えたのだ。

「龍が怒って枝を揺らしたみたいですね」と顕子は冗談を言った。

玄関を上がるとすぐに茶の間があり、勧められて掘り炬燵に足を入れた。ファンヒーターからダクトホースで炬燵に入れる仕組みは、顕子には初めての経験であった。

熱いくらい早く暖まる。

これは、寒さをしのぐのには最高だ。どうやら暇なお寺の様だ。すぐにお茶を入れてくれた。座っていても手の届く範囲に茶の道具が置いてある。檀家やお客様が来ても一人でもすぐ出せるのである。

奥様が病で伏せていることは、女将から聞いていたので顕子は聞かない様にした。

此処でも顕子は、自分の紹介と仕事の事、旅の事を話した。

住職は、今日は用事もないので、朝の勤めを終えてのんびりしていたところだと話した。

「そうでしたか、ゆっくりしたところに突然来まして迷惑だったでしょう」

「それでは私は絵を描きたいと思います、ゆっくり描かせて下さい」

そう言って、下に下りて池の土手にカンバスを置いて描き始めたのである。

此処から一枚、上の庭から一枚描こうとした。少し風が出てきて寒さを感じ、指先を切った軍手をはめて描き始めた。

昼頃になった時、住職が下りてきた。

「どうですか、寒いのに大丈夫ですか？」

「大丈夫です、冬では無いのでこれくらいの寒さは平気です。和歌山よりは寒いですが」

「お昼はどうしますか？」

「もうお昼ですか、町に行って食堂にでも行って済ましてきます」

そう言うと住職は、夕べ作ったカレーがあるから一緒に食べましょうと誘われ、頴子は断り続けたがご馳走されることになった。

「このカレー、住職が作ったのですか？」

「そうですよ、慣れたものですよ」と淡々と話した。

頴子は、聞いてはいたが、奥様は寝たきり、子供も後継ぎもいないなんて、どんな思いでいるのだろうか、自分には関係ないと思われても、なぜか気になった。

体格は普通で少し細身である。坊主頭に作務衣姿、表情は穏やかに見え声も穏やかである。

顕子は、余計な事は聞こうとはしなかった。

「静かで良いところですね、何か心が洗われそうで、私も来てよかったですね」

「明日も来て良いですかね、今日では終わりませんから、また明日来てみます」

「どうぞ来てください、好きなだけ描いてください」

「今日は暗くなる前に終わりにして、明日また来ます」

「泊まるところあるのですか」

「はい、また田島荘に泊まるかと思っています」

「それなら、田島荘に行くまで此処に居てください。妹には電話しておきますから、そうしましょう、私も話し相手が居た方が楽しいですから」

そうするうちに住職は田島荘に電話を入れ、お膳を二人分頼んだ。

顕子は、先日の蒲生氏の所でもそう言われて泊まる事になってしまった。この土地柄なのだろうか、顕子は不思議でならなかった。

「私って図々しい女だわ」

素性の全く知らない人をそんなに簡単に泊めるなんて、考えられなかった、警戒心は皆無なのか。

人が良くて世話好きな人は何処にでもいる。

自分で泊めてくださいとは一度も言った事は無かったが、何故か人に好かれる顔立ちなのかもしれない。大人しい日本的な女に見えたのだろうか。

蒲生氏、安邊氏も何処か似ていたのも確かだ。蒲生氏は自分の子供の年齢に思えたのだろう。

何処か人なつっこい目をした猫か狸の様に見えたのかもしれない。

何か訳ありの女には見えなかった。しっかりとした意志を持って接する態度に好感を得たのだろう。顕子が、この旅に出たのは、自分の故郷以外の全く知らない処に行き、そこの人たちと触れ合い自分を見つめなおしたかったのだ。

何の苦労もなく育ち、美大に行き好きな絵を描きたい、ただそれだけであったのだ。

美大で恋をし、失恋し、何となく父の会社に入り何となく仕事をして、ただ惰性で生きてきた様な気がしていた。

結婚を勧められてもその気にはなれず、逃げ出す様に旅に出たのだ。

そんな中で、三十四にもなっていた。

女としては失格だった。

住職は田島荘にお膳を取りに行った。

顕子が一人でいると、奥の方から声が聞こえた。

もしかしたら奥様かも知れない。どうして良いか悩んでいたが、先ほどより高い声で、住職―と呼んでいる。顕子は、恐る恐る襖を開け声のする部屋に入った。一人の年老いた女が寝ていた。驚いた様子で「あんた誰」と睨み付けた。

白髪が寝ぐせで乱れ、目だけが鋭く見えた。かすれた声は、まさしく死を目前にした病人の姿の様だった。

「すみません、驚かして、住職はもうすぐ帰ってきます」

「ああそう、話し声が聞こえたから誰かと思って、すみませんね、私は病気でね、構いも出来ないんです。妹が来たかと思った。

こんな俺だもの、住職にも妹にも迷惑ばかりかけてなあ、早く逝きたいけどそれも出来ない、情けねえ」

顕子は立膝で話を聞いていると、住職が帰ってきた。住職は、奥様に顕子の事を説明して落ち着かせた。住職は、食事の世話をしている。奥様の姉や妹たちは二日に一回交代で奥様の世話にやって来てくれると言う。町の介護士も三日に一回様子見にやって来ると聞いた。

明日は来る予定になっていると話した。

住職の苦労は大変なものだろうと想像出来る。

誰でも出来る事では無い、近くに預ける施設が無い。遠くの施設に預ける事はしなかった様だ。下の世話までするとは、顕子には考えられなかった。

茶の間の炬燵の上に、お膳の料理を並べ、住職と二人で食べ始めた。

その合間に、住職は奥様の食事を運び、介護用ベッドに食事と、お茶を置き一人で出来る事を確認し、見える様に襖戸を開放し様子を確認していた。時々話しかける様にしていたのである。住職は酒を飲まない様だが、この晩は顕子と二人でお銚子徳利三本ほど飲みながら、何となくぎこちない話になってしまった。

こうしている事の気まずさが顕子の心に襲ってきた。

明日は法事があると言い、日中空けるので良かったら明日も来てくれないかと頼まれた。

「介護士が二時ごろ来る予定で妹達が来る予定になっているが時間はわからない、姉や妹達は施設に預けろと言うが、うちの奴は行きたくねえ、此処で死ぬんだと聞かないいんですよ。面倒でも妹達が来るまで居てくれないかね」と住職は言う。

「大丈夫です、私は明日も来ますから心配しないで、絵の残りを描きます。奥様の様子も見ています」

施設に入れる人は少なかった。当然この町には無かったのである。

顕子も急ぐ旅では無かったので、お世話になりながら断る事は出来なかった。

住職の、食事の片づけ、風呂の焚き付けなどまるで主婦の様に動く姿は、おそれ敬う。

顕子は、ただそれを見ているだけだった。自分はそんな家事仕事は手伝い程度で殆どした事も無い。

ああ、私はなんて駄目な女だろう。初めて味わった恥であったのだ。

顕子は長居は出来ない、明日帰ろうと思った。

明朝早く座禅をしたいと住職にお願いすると、どうぞ本堂で気が済むようにと許可してくれた。

本堂の脇座で座禅をしていると、住職が鐘楼の鐘を六つほど鳴らし朝の勤めに来た。

「どうですか気分は？」

「なかなか気が静まりません、得体の分からない妄想が止まらないんです」

「うーん人間なんかそんなものですよ、私なんか雑念ばかりで、気が付くと忘れて寝ていますよ、そんなもんですよ、人間だもの」

顕子は、その言葉に何か心の棘が取れた様な気がした。

顕子は周りを見ているると算額みたいな絵を見つけた。

「和尚さん、あそこに掛けてあるのは算額ですか？」

「あれですか、算額ですね、色があせてよく読めませんがそうだと思います。だいぶ古いと思いますが、たぶん江戸時代の中期のものだと思いますよ。このお寺の開祖は奈良か京都の坊さんだと古文書に書いてありますから、坊さんがこのお寺を建て替えた時に棟梁が書いたのでしょう。読めますか？」

顕子は、家業の経験から「これと同じような算額を修理した事があります。もし良かったら私に修理させてくれませんか。実家から取り寄せますが」

「良いでしょう、檀家の方々もちんぷんかんぷんで誰もわかる人がおりません。一応檀頭に話しておきます」

「何を書いてあるかわかりますか？」

「大体は分かりますけど、円と四角三角円の面積と長さの事でしょう。下に書いてある文字が読めませんね。何時か来る時があれば、それを書き直してみたいと思います」

格天井に家紋が描かれている。恐らく檀家の家紋だろうと思った。

冬が近くなり寒さに気付きながら住職と庫裡に戻った。

再度奥様の様子を伺い改めて挨拶をした。

朝、顕子は朝食の手伝いと洗濯機に衣類を入れ、朝食をご馳走になった。慣れない家事仕事をして戸惑う顕子は女としてのあるべきものが欠けていた自分を反省した。片付けを手伝い、洗濯物を外に干した。

住職は十時頃出かけて行った。

顕子は、奥様の寝床に行き、恐る恐る話しかけると、

「あんたどうしてこの家に居るの？　いつまで居るの」

「私は変わった女でしょう。この年で独り者なんですよ、何故か遠くへ行きたくて何かを見つけたくて旅して偶然此処に来ました」

「悪い気は起こさない様にね、まだ若いんだから、結婚して旦那様と一緒に旅するんだよ」

「何歳になったの」

「はい恥ずかしいけど三十四になりました」と言った。

「あら、もっと若いと思ったよ、いつ帰るの」

「今日あたり帰ろうと思います。迷惑が掛かりますから」

「そんな事ないよ住職も一人だから寂しくなるよ、暫く居てくんちぇよ、あんたは良い人だからね、でも死ぬ姿を見られたくないけどな、おらに子供が無かったから、あんたが死産で生まれた子供の様に見えるよ」と顕子を見つめている。

「そうだったの、お母さんが言うなら、もう少し居ようかな」

ベッドから管を下ろした尿袋は痛々しく見えた。

家の掃除を済ませ、境内の紅葉を描こうとして本堂の前で絵画脚を広げて絵を描き始めていると、中年の婦人がやってきた。

「あら、紅葉の絵ですか、絵描きの方ですか？」

と不思議そうな態度で家に入って行った。顕子は、挨拶しなければと思い後をついて家に入り、自分の成り行きを話した。

迷惑そうな態度は、よそ者に対する警戒心を持つのは当然だろう、すぐに絵を描こうとして戻った。早く帰った方が良いという衝動は、絵を描く気分にはなれなかった。

カメラに撮り帰ってから描こうとしたのだった。

昼近くになり、町の食堂で済ませてきた。庫裡には入らず絵を描き始めようとしたが何故か気が進まなかった。

暫くすると、あの婦人の声がして、

「あのーお姉さん昼は食べたの、用意してたのに」

「はい町に行って済ませてきました。すみません、余計な心配を掛けました」

「姉があなたの事を娘の様だと言っていましたよ、寒いからどうぞ中に入ってお茶でも飲みませんか」と、がらりと態度が変わった様に見えた。

婦人は奥さんの妹らしかった。

顕子は、実家とは違うこの地方の言葉がぶっきらぼうであるが、優しさと温かみがあり心が癒された様な気がした。

妹さんは、「毎日来たいけどおら家の孫守でなかなか来れない」と言う。「姉に施設に入れと言うんだが嫌だと言うんだよ。住職は良くやってくれるから偉い人だよね。しかしあんたは、気楽で良いよね、母は元気なんだべ？」

「はい元気です。結婚しろといつも言われています。私は欠陥だらけの人間ですから、出来ないと思っています」と笑いながら言った。

顕子は、三十四にもなって女一人旅するなんて、理解されないのは当然である。

時間通り二時に介護士がやってきた。顔色を見たり脈を取ったり、血圧を測り尿袋とおむつを交換する手際は慣れたものであった。

そして、風呂でシャワーで体と髪を洗ってくれる。軽々と体を起こし運ぶ力は、慣れた事とは言え大変な仕事である。手伝いは良いですと言われた。

こうして世話してもらった奥さんは、髪を整えすっきりした顔に変身した。こうしてまた明後日先生から薬をもらってきますねと言い帰って行く。

住職が帰ってきた。

「ミヨさんいつも忙しいのにお世話になっております」

「姉ちゃんだもの来るわい、孫の守がなければ毎日でも来るよ。住職も大変だね何時まで出来るもんでは無えべ、養子でも貰って後を継いでもらわないとね」

それを言われると何も言葉が出なくなってしまい、住職はただ薄笑いしているしか無い様だ。

ミヨさんは近くだから歩いても来れる。んじゃまた来るよと言って帰って行った。

住職は予定表のボードを見て、次の予定を確認している。二日か三日おきに、一周忌、三回忌、四十九日、百ケ日等確認していた。夜は卒塔婆書きもある様だ。

そこに当然葬式も入ってくる。お寺での会合準備は住職一人でこなしている。それに食事の用意は自分でしている。顕子はそれらを見ているしか無かったのだ。

「ところで絵は描けましたか？」

「いやー今日は描けませんでした。大変ですね住職すべて一人で、私は頭が下がります」

「そうかい、こんなの当たり前ですよ」と言う姿は宿命とは言え哀れに見えた。

「住職、私は明日帰ります。雪はいつごろから降りますか？　いろいろ手伝いしたいのですが私ではかえって邪魔になりますから」

「そろそろ降ってもおかしくないですね、絵を完成してから帰ったら良いでしょう、私は構いませんよ」と言われたが顕子は帰ると言った。

山はすこし雪化粧している。何時降っても可笑しくないと言う。明日降るかもしれない。

そんな気配がした。その時は汽車で帰るしかないと焦っていた。春になってからまた来るのも良いか、観念しようとしていた。

次の朝、突然住職から、後十日間ぐらい居てくれませんかと言われた。お寺での法要が三つぐらいあり、準備などの手伝いをして頂きたいと言うお願いであった。また、檀家の会合とがありこれが宴会となり、その準備と会場作りだそうだ。

お膳は仕出し屋で済むがそれだけでは済まないものがある。顕子には想像出来たが酒飲みの会合は大変な事は知っている。

今回は、当てにしていた手伝いの一人が用事があり来ないと言うのだった。考えた挙句顕子があてにされたのだ。

「はい、私で良ければ、指示されればその通りやりますが」

床に臥せっている奥さんからも、

「お姉さん大変でもそうしてよ、前はおらがやっていたけど、この体では、前は檀家さんも手伝ってくれたけど最近は手伝う人も少なくなってね、これもおらが出来ないから仕方がないね」

顕子はこうなるとは想像はしなかった。お寺には似合わない服装と思い、奥さんが着ていた作務衣を借りる事になった。

着てみると寒いがやはり体に合って動きやすい。実家に帰ったらまた着てみようと思った。本堂の掃除、両脇座に座布団を並べ、石油ヒーターの設置、灯油の確認そして終了後の片づけと、意外と大変である。

庫裡と本堂は廊下で繋がっており庫裡と本堂の間に四十畳の会館と物置き、押入れがある。檀家の会合は掃除から始まり、住職とともにテーブルと座布団を並べ会場を作る。

お茶出しも大変な作業である。上座には住職、檀頭、副檀頭、と座る。

議題は、会計報告、本堂の畳と会館の内装替え、通路の整備の件であった。

顕子は、手伝いの人とお茶入れの準備、酒の用意等部屋と流しを行き来し慣れない仕事は疲れる。

会合は夜六時頃から一時間程度で終わる。

お膳が配達され、テーブルに並べる。それにビールと酒だ。酒はお燗を要求されたが、檀頭から欲しい人だけやかんで温める様にと言われた。酒飲みの席は何処でも同じだった。

こんな事を奥様がしていたのだろう。その苦労は分かる様な気がした。

檀頭は町の医者の様だ。副檀頭はこの部落出身の土建屋とすぐに分かった。この二人いつもお布施を競争している。高額のお布施はお寺を守っている。

檀家たちは見なれない顕子を、気にしていた様だ。

「住職、このお姉さんは？　隠し子でもいたのかい」

「いや違うよ、たまたま寺に来た人で、紅葉が綺麗だから絵を描きたいと来た人だ」

「あれ、床の間の脇にある絵がそうだよ、まだ出来上がっていないそうだ。

和歌山に帰る所を暫く居てくれと私が頼んだんだ。寝ている家内もそう言っているから無理に頼んだんだよ」

顕子の素性や仕事の生業を住職は説明してくれた。

「住職は、後取りもいないし奥様も寝たきりでは大変だよな、今からでも本山に相談して来てもらうしかないべな」

そのことついては、住職は考えているところだった。

住職は、本堂の算額について、檀頭に、彼女が書き直ししてくれると言うのだがどうだろうと話してくれた。

顕子の本業は、お寺の掛け軸や絵画の修復が仕事らしいとも話してくれた。

「ああ、良いんでねえのしてもらったら？　何書いてあるか分かるの、書いてある意味は大体わかるけど、お姉さん分かるの？」

「分かります、おそらく江戸時代中期ごろだと思います、一度修理した事があります。字は消えかかっていますが、実家から取り寄せます」

「それと床の間にある曼荼羅絵図もかなり傷んでおりますから修復されたら良いと思います。楓橋夜泊の掛け軸は良いと思います」

檀頭は「あなた良く知っているね、その年で、皆に読んで聞かせてくれませんか」

顕子に、皆の前で知っている限り読んで説明した。

一同は、おーおーと感心して聞いていた。

「あなたこのお寺に住み着いたら？」と揶揄われた。

「いえ、私は近いうち帰ります。雪が降らない内に。次回来た時に修復します。急ぐ時は私が持ち帰って修復したら送りますが」

「まあ、そこまでしなくても良いよ、金が掛かるんでしょう」

「ここで修復するなら金は頂きません。お寺にお世話になりましたから」

「それじゃ、暫く泊まって修復してもらうかな、金は払うよ」

顕子は、半分冷やかしで言われている様に感じられたので、それ以上は言わなかった。

会合は八時半頃に終わった。

片づけが終わり、住職と炬燵で話していると外は雪がちらついてきた。

「ああ、ついに降ってきたか、予報では降ると言っていたがいよいよ冬が来たな」

住職は息を吐く様に言った。

「うわあ、ほんとに、積もりますかね、帰れるかしら、チェーンも何もないのに」

「雪道の運転経験はあるかい？」

「全くありません。ああ、どうしよう」

「私らは慣れていますから、気にしませんが、危ないかもしれません。うっすらなら日中は大丈夫ですが、問題は帰る途中ですね、北陸方面は積もっているでしょうね。関東を通っていくなら行けるかもしれませんが、遠回りですか」

「明日朝様子を見ます、北陸方面の状況も調べます。実家の方にも聞いてみます」

顕子は、風呂に入り、奥様の様子を見ながら、

「奥さん雪が降ってきました。積もりますか？」

「そう、雪が降っても可笑しくないよ、今年は遅いくらいだよ」と言った。

「私、明日帰ろうと思いますが、大丈夫でしょうかね」

「何？　帰るの何処まで」

「和歌山までです」

「それは行けないわ、女一人では無理だよ、ずうーと居な、雪が解けるまで」

それを聞いていた住職は、

「京極さん、雪は積もるよ、危ないから、暫く泊まって居なよ、どうしても帰るなら汽車で帰りな。その方が安全だよ。私らの都合で帰るのを止めてしまったな、申し訳ない」

そう言って住職は止めさせたのである。

次の朝、雪は十五センチ程積もっていた。

冬支度は持ってこなかった。そこまでは考えていなかったのだ。住職は玄関周りの雪かきをしていた。

顕子は、表に出て少し手伝おうしたが住職から止められた。

「降りましたね、どうですか、帰りますか？　東北道で東京都内を通り東海道で行けば雪には遭わないかもしれないが、都内の中を抜けるのは大変でしょうね」

顕子は言葉が出なかった。都内は自信がなかったからだ。

溜池の土手に柿の実がたわわに成り下がり色づいて垂れ下がっているのが見

えた。柿の木があるのは知っていたが、この光景は、斎藤清の版画絵を思い出した。

その風景を見た顕子は、これを描きたい衝動に掻き立てられた。

「住職、わたし帰るのを止めます。暫く置いてください」

顕子は、一瞬そう言ってしまったのである。住職は、そうかい、その方が良いよ、勝手だが私も助かると相槌を打った。

普通では考えられないこの非常識は、顕子には成り行きとしてしまったのだ。

顕子は、奥さんの朝食と二人の朝食を用意して、奥さんにその事を話すと、笑みを浮かべて、

「そうかい、その方が良いよ、実家のお母さんに電話しなさい。心配しているよ」

顕子は、朝食を済ませると、実家に電話を入れた。

母が怒っている声が漏れて住職の耳に入った。それを聞いていた住職は、顕子の受話器を取り、事の成り行きを説明し了解を得たのである。

顕子は、自分勝手の行動で母に心配をかけた事を詫び落ち着かせた。

そのついでに、絵の具用材と、掛け軸の修理の材料を送ってくれる様に頼んだ。

これらの行動がこの後、顕子の運命を大きく変えるのであった。

雪国は、気の遠くなる様に静かだ。

描きたかった柿の絵は自分でも満足出来る絵になった。半端だった紅葉の絵も完成した。

大広間にその絵を飾った。

作務衣姿は、馴染んできた様だ。朝早く住職よりも早く起きて、本堂の掃除、梵鐘を打つ。朝食洗濯を日課にする様になっていった。

住職のお経も毎日聞いていると自然と覚える様な気がしてきた。般若心経だけは知っていて、それだけ口ずさんでいた。

雪は、毎日の様に降る。解けようとするとまた降る。

そんな時は、檀家の土建屋が重機で道を掃いてくれる。顕子の車は庫裡の車庫にしっかりと隔離され和歌山の方を向いて動かずにいる。

師走の中過ぎ、奥さんの容態が悪くなった。医者を呼んだが、こう告げられた。

「正月は迎えられない様です。良く耐えられました。残念ですが」

ゆっくり看取ってくださいと言われたのである。最後通告であった。

奥さんは物を食べなくなり水も飲まなくなった。息が荒くなった。

住職は出かけ、顕子一人で看取っていた。妹が駆けつけて来た、姉さん姉さんと呼んでも反応は無かった。ガーゼで水を含ませたが少し飲んだ様に見えた。

目を開けない。そこへ住職と医師がやって来て最期を看取ったのである。

葬儀は暮れの二十六日に行われた。

葬儀は一般家庭と同じで葬儀屋が準備する様だ。会場はお寺で執り行う。

同じ宗派の坊さんが集まり葬儀を進行する。庫裡の仏前で行う。

現在は、火葬場で骨にして、代々のお墓に埋葬する。告別式は本堂で行われた。

年末の慌ただしい葬儀は終わった。

こうして顕子は住職と二人きりになってしまった。何という不思議な巡り合わせだろうか。

また雪が何の音もなく降り始めた。足跡はすべて消され境内から見る風景はすべてを消し去る様に一面白一色になった。

住職の朝の勤めの声が悲しく響く。顗子の打つ梵鐘も部落のはずれほどに響く。

正月は、二人で静かに迎え様としている。

「顗子さん、こんな正月を迎えるなんて、申し訳ないですね、あなたの楽しさを奪ってしまった様で申し訳ないです。帰って下さい。こんなところに閉じ込めた様で、誠に申し訳ありません」住職は深々と頭を下げた。

顗子は、「この縁は私の修行の一つで、住職の責任では有りません、仏様の導きだったのかもしれません。様子を見て帰る事が出来れば帰ります。それまで居させてください」

二人は炬燵で、甘酒を飲みながら静かな声で語っていた。

師走の二十八日、檀家の方々が来て、本堂の掃除が始まる。普段なら餅つきがある。

今年はそれが無い。それが終わると、労いの宴会が行われるが今年はそれも無い。

来る人も無い。

それも喪中なのでと住職は断っていた、それでも檀家の婦人たちが、色々と雑用をやってくれる。

実家の方ではやっているかどうかは顕子は知らない。やはり部落のお寺という概念が長々と続いているのだろうと思った。

顕子は申し出て晦日に百八つの鐘を鳴らした。手はかじかみ感覚が無くなる、何気なく流れる涙は頰を伝わり凍る様だ。

何人かが初詣に来て下の神社の焚火が明るく見えて、幻想的な風景が見られた。部落の人達がお参りに来ているのが分かった。

住職は本堂でお経をあげている。お寺に上がってくる人は、まばらに来る。

本堂にヒーターを焚き、本堂前には、薪を焚き、初詣に来る人を歓迎した。

顕子は、初めて見る風景であった。

新年を迎え、予想もしなかった奇妙なお寺生活が始まった。

こうして、三月まで居る事になった。

# 迷える羊

顕子は、小中学高校時代、絵が好きで得意だった。応募するたびに入賞していた。

県知事賞等数多く貰っている。一度文部大臣賞を取った事もあった。

只絵が好きだからと言う単純な理由で満足していた。当然、憧れの美大に進むのは、何の抵抗もなかったのである。美大に入学してくる連中は、それなりの技量は持っている。天才肌の人間もいる。美術の先生になる者、学芸員を目指す者、画家を目指す者、芸術家と色々だ。癖が強烈で近づきにくい変わり者の集団の中に、顕子は紛れ込んでいった。

最初から絵を描いているばかりでは無い。一年間は、西洋史、日本史、芸術基本概念、外国語等一般教養が多い。企業に就職するのは難しい。

二年目になると自分が何を描きたいか、洋画、日本画、彫刻、デザインに分けられる。

デッサンは腕が痛くなるほど描かされる。それの指導を受ける。なんの指導もなく捨てられる時もある。君のは小学生程度だと酷評される事はしばしばあった。

日本画専攻の顕子は、あらゆる著名な画家の絵を見て歩き感想を聞かれる。上手く答えられない顕子は、自分には素質が無いと落ち込んでいった。外に出て構内の風景画を描き、教授に酷評される。

「あなた、これで満足しているつもり？　見た目は良いよ、素人受けするでしょうが、そのまま写してきただけだよね。本物の絵描きになりたい訳？　やめなさい。趣味だけにした方があなたのためですよ」と言われた。

絵の上手な顕子ちゃんと持ちあげられてきた身にしてみれば、初めて味わう屈辱の連続であった。

上手と芸術は違う、プロも違う、私にはなれないのだろうか？　この目眩く世界は初めてであった。

暗中模索の中でも、辞めようとはしなかった。自分でも何か違う世界が見えてくるのではないかと、煩悩の中から一旦抜け出し思い切り遊び、自然から仲間から、何か得られる物があるのでは無いか、そんな思いになっていった。

この世界男も女も無い。悪く言えば素行が悪い、平気で教授の悪口を言う者、態度が横柄なもの、酒を飲んでくる者、教室でたばこを吸う者、寝ている者、常識で考えても許されるものではない。この特殊な世界に紛れ込んできたのではないか。日本画と書を目指した顕子は、油絵でも描こうかとも思った。

日本画には無い面白さがあったが自分には合わないと思った。書は面白いが漢文には手こずった。デッサンは毎日の様に描いた。

単純に絵が上手でいささかの自信を、あっけなく外されてしまった挫折感は、暫くの間そのトラウマを味わっている。

ある日、裸婦の試写会があり、モデルが来れないという事で急遽誰かいないかと講師が言う。これはいつもある事だった。

「そうだな、今日は皆さんの中から、京極顕子さんに頼もうか」

顕子は抵抗はあったが、迷う時間も許されずモデルのステージに立った。恥ずかしいとか嫌だと言う感覚は無くなっていた。これは誰でもしてきた事だったのだ。

何も身に着けていないこの清々しさは、こびり付いていたこけらが落ち何故か心地良くすっきりした感じだった。

その後顕子は、違う自分を感じ始めたのである。絵を描く楽しみが増してきたのである。

苦しみながら描いていた絵も満足出来るものでは無かったが、迷いは少しずつ解放されていく様な気がしてきたのである。

特に仲の良い渋野亜紀は、洋画を専攻していたが、即興で似顔絵を描くのが得意であった。

その亜紀から、公園や祭り会場で似顔絵を描いて小遣い稼ぎをしないかと誘われた。

顕子は私もしたいと頼み、二人で行くことになった。

特に子供を的に、見本の絵を飾って待っていると、孫や子供を抱いた大人が、一つ描いてと近づいてくる。大体は満足して良いね、可愛く描いてくれてありがとうと言い、いくら五百円？　つりはいらないよと言う人もいた、意外と収入になった。

二人は休み期間中は、エジプトや中国の桂林そして万里の長城を旅した。特に桂林には水墨画の原点の様な今までにない感動を体験した。

亜紀は、顕子とは全く違う性格で絵は好きでもあくまで趣味として、画家にはなりたくないと普段から話していた。美大に入るのが夢であり美術の教師になる事を目的としていたのである。

卒業する前に、教師の資格を取らないかと何度も誘われていたが、顕子は考えてもみなかった。「そうね、それも良いわね、考えておくわ」と言ってあまり乗り気ではなかった。

他の貧乏生徒達は、大半はアルバイトで稼いでいる。顕子は稼ぎをしなくても親からの送金で何ら苦労する事は無かった。

苦学生が似合う環境の中で、顕子は恵まれすぎていたのかも知れない。画家になり認められなくても好きな絵が描ければそれで良いと考えていたのである。

そんな中で、同期に一人二人と退学していく者もいた。発表会や展覧会に応募して入賞する者もいる。

学内の展示は時々行われる。他人の絵や造形を見るのは大いに参考になった。下に白紙が下げてあり、批評欄がある。裸婦のデッサンもあった。悪戯であろうか、少し漏れちゃったと書いてあった。自分でも笑ってしまった。

天才と言われる者まで出てきた。顕子には到底追いつかない現実だった。絵の好きなお嬢様はここでは通用しない。少し汚れた方が何かを見つけられるのではないかと心が動いた。

恋も出来ない、心が時めく事も無かった。

展覧会で入賞した森本敦と言う謎めいた男に偶然声を掛けられ彼は近づいてきた。

彼は秀才に見えた。何気なく影のある男に見える。何時も独り言の様に、違うんだよな、教授は駄目だと言うんだ。何処がだ？　と落ち着きなく歩きまわる。

気が付くと、顕子は何故か彼に近付く様になっていった。

「私は良いと思いますけど、何処が何を悩んでいるんですか？」

「君には分からないと思うよ俺の気持ち」

「そう、私には分からないけど気持ちは分かるよ、私だって分かってもらえないものが沢山あるから、自分では良く出来たと思っても、酷評されるってあるでしょう？　そうすると落ち込んでしまうわ、森本さんもそうなの？」

「違うんだよ、自分でも満足出来ないんだよ、それを駄目だと見抜かれてしまうんだ。

京極さん、人間の血は赤いよね、でもあれだけ赤い血が全身のいたるところを廻っているのに何故赤く見えないの、君の白い肌は赤く見えない、赤く表現して何が悪い？

この前自分の白い肌の処をカミソリで切ってみたら真っ赤な物が出てきたよ。ああ、おれ生きていると思ったよ。可笑しい？

ゴーギャンのタヒチの女は確かに生きている。俺はそんな絵は描けないいんだ」と言う。

顕子と森本は何度かコーヒーに誘い誘われお互いの悩みを分かちあっていた。

彼は、顕子にまるで子供の様に近づいてきた。

時々彼のアパートに行き、絵の考え方、彼の得体のしれない妄想や悩みを聞いてあげる様になっていった。そして何の抵抗もなく体を許した。

彼の、時々子供の様に泣きながら、俺は駄目だ、もう絵が描けないと頭を抱えて喚く姿を見ていると、彼を慰め自分も慰められていく様な気がしてきたのだ。

顕子は、彼に本気で恋をし、本気で愛したのである。

そんな日々が暫く続いたが、突然彼は大学に来なくなった。彼のアパートに行ってみると彼は何処かに引っ越した様で彼の姿は無かった。

彼は、私をだましたのか、彼に貸した金は返してもらう気は無かったが、どうにもならない虚しさが湧いてきた。

その喪失感に苛まれ、正常な心は打ち砕かれ、深く心を閉じ込まれていく。

私は、何をしたくてこの美大に入ったの？　絵を描きたくて入ったの、どう生きようとして入ったの？　成長もせず、何も得るものも無く、ただ卒業するなんて、四年間ただ虚しさだけが残るの？　他人から見れば贅沢すぎるのでは無いか。

大学を卒業し、亜紀と一緒に教員試験に挑戦した。

結果は二人とも合格し、亜紀は本格的に正式な採用を伴う講習を受けるとしている。

採用されるのは難しそうだった。顕子は時間を掛けてまでも教師になるのはやめようと思った。

卒業を迎える時に何の迷いも無く描いた観音像は、何故か自分では満足出来た。

「君、良く描けているね、迷いが取れたかな」と教授の一言があった事を覚えている。唯一認められた言葉だった。しかし、それほどの感動は無かった。

卒業して実家で何することも無く過ごすのは日々はつらかった。親からしつこく家業を手伝う様に言われた。

何かをしなければ、このままではいけないと我に返り、父の本業である木仏像の修理を手伝う事になった。しかし不器用な顕子には出来なかった。お寺に関する古い絵画や掛け軸屏風の修理に気が向いたのである。日本画を専攻してきたとは言え、すぐに出来るものでは無い。

職人に指導されながら、顔料の事やシミ抜き技法や、破損している個所の復元、剥がし張替え技法を厳しく指導を受ける日々が続いた。

一人前になるのは十年かかると父から言われた。文化財に指定されている物が入ってくる。

手さえ触らせてもらえない。ただ小間使いで言われた事だけをする事しか出来ない。片手にメモを持ち、用語や和紙、絹、シミ抜き、顔料、のり、乾燥等をメモするだけで精いっぱいであった。怒鳴られ、あれ持ってこい、違う、邪魔と言われる毎日であった。

その日の天気によって今日は駄目だ、しないでおくぞと言う。仕事の無い時は、作業場の清掃、整理である。

兄から設計の手伝いをしてくれないかと言われた。イラストやデザインを描く仕事をする事にもなったが、どれを本格的にやれば良いのか定まらずに過ごす日々が続いていた。

また出張が多くそれに付いて行く、そこの手伝いと小間使いそして掃除に明け暮れた。

何処かに就職すればよいと考えたが、美大卒なんて雇ってくれる企業なんて少ない。

せめて教師の採用試験でも受けておけば良いと思ったが、今さらその気は無かった。

散々親に甘えて好き放題の事をしてきた事を考えれば、頑張るしかなかったのだ。

早く仕事を覚えその楽しさを得るまで頑張ると自分に言い聞かせていた。恋なんてしたくない、結婚なんて考えないと心に決めていた。

その中でも、やはり絵が好きな顗子は、掛け軸と絵の修理補修を多く手掛けた。

設計から頼まれイラストやパース描きも手伝う日々が続いていった。

四年も過ぎた頃、母から、「お前、結婚する気は無いの？　好きな人はいないの」と突然言われた。

「いる訳ないでしょう、こんな商売だもの、何処にそんな人いるの？　今のところはその気がないわ」

「しかし、何時までも一人でいる訳にいかないでしょ」

「良いのよ私は独りで、この仕事を頑張りたいの、今さら何処にも行けないよ、会社の事務員なんて出来ないし嫌だよ」

母は、卒業して家業の手伝いをするとは思っていなかった。事務経理は兄の妻が全て処理していたからだ。顕子もそれはしたくなかった。

顕子が帰ってきた時父は、家業の手伝いをするとは思っていなかった。

頑固で余り口を出さない父は、嬉しかったのだ。ひそかに考えていた事は、職人と結婚させ兄と二人でこの家業やってくれれば万々歳と考えていたからだ。

絵画以外は出張が多い、泊まり込みで暫く帰ってこない職人もいる。作業場で仕事をしているのは、仏像関係の修理職人が二、三人だけである。何時休みなのかはっきりしていない。顕子もそうであった。気が進まない時は、勝手に外出し、絵を描いたり自由奔放にしていた。

結婚かー、好きな人が現れればな、それも良いかな？　でも良妻賢母なんてそんなもの出来る訳がない。やはり無理だわ。

わくわくする様な、心が時めく恋をしただろうか、暗い作業場で黙々と作業しているこの環境から抜け出さないと明かりが見えないのだろうか。

教員試験は通ったが、教員採用試験を受け、学校の美術講師の方が良かったのかも知れない、素敵な男に逢ったかも知れない。

今さら考えるのは止めようとして、仕事に夢中になれば忘れられると心に言い聞かせていた。

父が勧めていた職人の染野と言う男は、悪いところは無い、技術は優秀だけど私には合わないと心で叫んでいた。

父や母には、何度も断り続けていたが、

「だったら見合いでもしろ、話が来ているんだ。自分で好きな人を探せ」

と日につれ言われ続けた。

顕子は、更に今の現状に迷い続けた。このまま惰性で仕事をするのが嫌になって、そうだ教員の採用試験を受けよう、そして学校の美術の先生になろうと心が向いた。

早速県の教育委員会に申請した。

暫くして通知があり、筆記試験と面接ヒアリングの日程が送られてきた。学科試験はブランクを感じたが何とか合格出来た。面接ヒアリングは現在の仕事経験からさほど難しさも無く、教員採用は取得出来た。研修も数回ありいよいよ自分も教師になれると思っていたが、しかし合格と言っても、すぐに教壇に立てる訳が無い。待機通知が送られてきて、空きがあるまで待機と言う通知だった。

何となく拍子抜けと言う感じだったが、渋野亜紀に聞いてみると一年近く待たされたと言う。

兎に角一つの目的を果たす事は出来たが、何故か期待外れの感がしていた。仕事が一気に忙しくなり、それなりに集中する事になり、余計な雑念は消されていった。

半年も過ぎた頃臨時教員の依頼が来た。県立の女子高の美術教師が三ヶ月休暇をとるのでその間の臨時教師と言う事だった。

断る事は出来ないと思った顕子は、三ヶ月であっても受けるしかないと思い、三ヶ月間学校に通ったのである。

四月の初め、顕子は四五〇ccのオートバイで通う事にした。黒い革のパンツに白いシャツの上に革ジャンと派手なヘルメットと言う出で立ちで学校に着いた。

この突拍子な行動は、顕子をわくわくさせた。

校門から堂々と入り、生徒達や先生の視線を感じながら自転車置き場の片隅にオートバイを置くと、何者かと注目を浴びた。

生徒達におはようと手を挙げ、革ジャンを脱ぎ片手に持ち、職員室に入って行った。

教頭と校長は疑う様な目付きで、

「オートバイで来た方ですか？」

「はい、暴走族ではありません。今日からお世話になります京極顕子です。宜しくお願いします。オートバイではいけませんか？」

「いえ、そんな事は有りません、女性の方だから驚いただけです」

と言い、半笑いの顔で迎えてくれた。

更衣室に案内され、次に職員に紹介され、机を指定された。

次に教頭から、校内を案内され、全体の時間割を渡された。

それによると、三学年で十二教室あり、一日で午前一回午後二回の講義、担当学級は無いと言う事であった。

前任の男性の先生は体調を崩し三ヶ月の療養が必要とされ、その代替として顕子が指名されたのであった。

最初の講義は午後からであった。教頭に案内され美術教室の教壇に立った。三年C組と聞いた。教室の壁には誰もが知っている画家のコピー絵が数枚かけられている。棚には石膏の手や顔、銅像の様な物がガラス戸の棚に収まっている。何処にもある風景であった。各テーブルには生徒が座っている。

緊張するかと思ったが、仕事慣れしていた顕子は意外と落ち着いていた。

進学校では美術はそれほど重要な科目では無い。息抜きな様なものだと思っている。

初めての講義でこう話した。

「私は京極顕子と申します。臨時の教師として来ました。宜しくお願いします。

今までの先生はどんな講義をしていたか分かりませんが、私より素晴らしい先生だったでしょうね。

皆さんは、美術をどう考えていますか。進学にさほど重要な科目では無いと思っているでしょう。でも好きな人から見れば、とんでもないと思います。私は絵が好きで美大に行きました。しかし、就職先は限られました。学芸員や、アニメ会社でしょう。

それと教師かな。

それに彫刻家や貧乏画家ですね。私なんか先日まで、家業がお寺や神社の修理復元が仕事でしたから大して苦労もせず何となく働いてきました。今は、絵や掛け軸や書の修復をしています。

そしたら、急遽此処に回されました。私は、前の先生ほどの経験は有りません。教頭先生から好きな様にやってくださいと言われました。そう言われてもね、さすが教頭先生は良い人ですね」一同は笑った。

生徒の一人が、

「先生オートバイで来たのですか、革ジャンがすごくかっこ良かった。怖くないのですか?」

「いえ、怖くないですよ、すごく気分が良くて最高ですよ、教頭先生が変な顔をしていたみたいだけど、学校では禁止されているのかな？」

「無いと思います、そう言えば先生方は車とか、皆自転車かバスか電車みたいだね」

顕子は、脅かすつもりは無かったが、何か一つ目立ちたかったのかも知れない。

生徒は新米の先生をからかうと言う先入観が有り、それならば勇気を出して先に脅かしてやろうと思ったのだ。

「皆さん美術は好きですか、私は好きで美大に入ったのですが、今でも満足出来る絵は描けません。好きこそ物の上手なれと言いますけど、私は好きだったけれど上手くなれませんでした。だから今、人の描いた絵を修復しているんです。

画家になりたい人は別ですが、趣味として描くのは良いと思います。息抜きにね。

人間息抜きが非常に大切だと思っています。毎日勉強勉強で、何処の大学に行くとか、このままでは無理だとか、悩んでいませんか。先生からもお前はもう少し頑張らないととか脅かされていませんか。

そんな時こそ、息抜きが必要です。私の経験からね。こんな事他の先生方が聞いたら、怒られますけどね。

だから、この私の時間は、息抜きで行きましょう。眠い人は寝て良いですよ。睡眠時間の足りない人は。でもね、美術の試験と単位が有りますから少しは勉強しなくてはね。美術と言っても、範囲が広いです。

絵は勿論、彫刻物全般、史実等沢山あります。これらの事は教科書に書いてありますから読めば分かります。試験にはそこから出ます。絵の上手な人は点数も良いでしょう。

でも、大学入試の問題に余り出ませんね？　だからみんなで息抜きをしましょう」

こう言うと生徒たちから拍手が沸いた。

「先生大好き、有難う」

これで顕子の第一声は大成功であった。

顕子は、自分では信じられないほど話は滑らかに出来た。

「私は大学のアルバイトで似顔絵を描くのが得意だったのよ。祭りや神社の境内を借りてね、小遣いに困らなかったよ。じゃあ、誰か描いてあげようか、自分は美人だと思う人、いないの？　普通だと思う人は？」

「はーい」と手を挙げた。

「では皆、スケッチブックに隣の人を描いて、上手下手は関係ないから」

顕子は、十二、三分ほどで描き上げた。

一同は、それを見て、「あらー、志穂可愛いよこんなに可愛かった？　先生今度私の顔を描いてー」と何人からも言われた。

「では毎回一人ずつ描いてあげる」

こうして顕子の講義は無事終わったのである。軽い約束で、全校生徒を描くのは到底無理な話である。

顕子はライダー先生と呼ばれ全校生徒に広まった。緊張の中自分でも息抜きが出来た様に感じた。

こうして、人気のあった頴子の、三ヶ月と言う短い期間は終わった。

頴子が、仕事から抜けた分仕事が溜まっていた。

土日は作業していたが追い付けない状況は続いていた。

何時までとか言う約束は無いこの商売は時間が掛かると言う通説があるから、約束はしないで預かると言う商売だ。

職人数は限られている。父や兄に相談しても、そう簡単には人は居ないし、時間で割り切る現代人には無理だった。

昔から殆ど人の出入りは少ない、年季の入った職人は、皆年を取っていく、頴子が最年少で貴重な存在だ。

昔気質の父は、俺の時代で終わりだなと口癖の様に話している。妥協を許せない気質は、兄の意見とは相入れないものがあった。

親方にはなれなかった大工職人、店を閉めた建具屋、経師屋、塗装屋などの経験者を採用し経験させると言う兄の考え方であった。

頴子は、特に若い人に入ってもらって覚えさせる考えを持っていた。

何れにしても、即戦力なんて人材はいない。やはり育てると言う考え方は、兄共共通していたのである。

顕子の作業場は、顕子を含めて四人程、親方も認める男性職人二人と女性職人一人、雑用係の女性一人である。顕子は、まだまだいっぱしの職人にはなって居ないと自負している。親方の技術は国宝級と言っても良いが高齢である。この教えが無ければ紛い物だろう。

全国から集まってくる絵や掛け軸の中には国宝級の物がある。

兄は、父に内緒で、また求人案内を出した。

しかし、この特殊な仕事には簡単に集まらない。

そんな中でも中年の宮大工の経験者が一人入ってきた。兄は、意外と腕の良い器用な職人が来たと喜んでいた。

絵や掛け軸の修理の職人も、建具屋で経師もしていたと言う男が、仕事が無くて店仕舞いした夫婦が、夫婦で雇ってくれないかと言う事だったが、兄は雑用係が辞めていたので働いてもらう事にしたのである。

男は、掛け軸の張替えや修理の経験があり、即戦力と期待したのである。

顕子は少しは楽になった。

石川県の博物館から大きな屏風の依頼を手掛けていた顕子は、絵の修理に掛かり切りで顔料の色合わせ、試し塗等でなかなか進まないでもがいている。

藍染の作務衣姿と髪の毛を後ろに束ねて作業している姿を見ていた母は、顕子を何時までも独り者で働かせるのは申し訳ない気持ちであった。

「お母さん、私好きよこの仕事、絵が蘇るなんて、昔この絵を描いた人が有難うって言っているよ」

「お前、それは良いけど、そろそろ身を固めないと、おばさんになってしまうでしょう」

「そうね、その時になったら自分で見つけるわ、心配しないで」

そう言う顕子の言葉に、母の心配は更に増していった。

父は仕事一筋で顕子を余り心配していない様子だ。「顕子は幾つになった。うーん」と言うばっかりだ。

日曜も無く、休みも無く朝起きれば仕事場に向かい時には夜中まで絵に向かっている。

何故だか自分でも分からない。唯時間だけが容赦なく過ぎて行く。

「私は誰、私は何をしているの？」

手に持った筆を眺めながら、魔法にかけられた様に独り言をつぶやいている。

何日も人と話していない。

「誰か助けて、誰か私を迎えに来て、遠い遥かな山に行きたい、海も良いな」

と心に叫びながら、後どのくらい掛かるかな、あとひと月で終わらせよう、もう限界に達していた。


顕子は、勝手に三日の休暇を取り、車で飛騨路に出かけた。此処でゆっくりと静養して絵を描いた。久しぶりの自由時間を満喫した。

久しぶりの絵であった。

翌朝東尋坊に向かった。まるで真逆の風景は顕子の心をかき乱した。

此処から身を投げたらどうなるのかしら、下の方でおいでと呼んでいる様な気がして足がすくんでしまった。

恐ろしいほどの岸壁、岩肌の波しぶきに圧倒され、何をそんなに荒れ狂っているのと叫んだ。

仕事場の静けさから見ればまるで別世界だ。自分の描く対象からは違うものに感じたが、自分には激しい感情が欠けていると強烈にのしかかってきたのである。

気が晴れないまま時間は過ぎた。自然と、絵を描きたい衝動に押されて描き始めた。

昼の時間も忘れ夕方まで描いていると、今度は夕日の風景に目が移った。これも描きたい、とりあえず写真を撮り、今晩はこの地に泊まろうとした。次の日も描き残した絵を描こうとしたが、波は昨日とは違い静かだった。あの荒れ狂った表情は何処へ行ったの、魂を抜かれた様に静かだ。この様に人の感情も波打つのか、そして知らん顔をしている。

家に帰り、脳裏に残っている残像を写真と比べながら絵を完成させた。日本画を専攻してきた題子には今までに無かった絵に思えた。自分の絵は、湧き出てくる荒々しい感情が出せない事を知ったのである。日本画では出せないのだろう。

また、観音様に会いたくて吉野のお寺に行き、池の縁で咲いていたアヤメの綺麗さに誘惑されて夢中で描いた。群生してまっすぐに伸びた先の紫色は顕子の心を魅了した。

暫く立ちすくんで眺めていた。


ある時、新聞で県の、絵の展覧会応募が載っていた。

勇気を出してこの二点を出した。

二ヶ月程経ってから、だめ元で展覧会場に行ってみた。会場には絵の好きな人がこんなにいる事に驚き、まさかの思いで、眺めていると、金色の札に金賞と書かれた自分の絵を見つけた。なんと入賞のタグが貼ってあったのだ。高校以来の入賞である。

独り暫く立ちすくんで静かな興奮に酔いしれていた。

自分の描いた絵のどこが良かったのだろうか。他にもっと素晴らしい絵がある中で、どうして私の絵がと疑いを持ちながら見て、次の部屋に移り油絵で強烈な赤が目立つ夕暮れの街の風景画の前に足が止まった。

作者の名前を見ると、森本敦と書いてあった。森本敦？　まさかあの森本敦だろうか、画風は変わっていない。画家でいるのだろうか、相変わらず絵は捨て切れず貧乏画家で居るのだろうか、思い出したくないあの時の風貌が浮かんできた。パンフレットを確認してみると出展者名簿と、住所が確かに印刷されている。間違いなく彼であったのだ。

顕子は、ルンルン気分で帰ったが、母に報告しただけで他に報告する人もなく何故か寂しさを感じていた。その日入賞の通知の封筒が届いていた。新聞にも小さな欄に掲載された。

次の日友人の渋野亜紀に電話を入れた。久しぶりの会話は近況を語り合い乙女の様にはしゃいだ。

絵が認められたのは子供以来のことだ。美大で酷評を受けて以来自分にはその才能が無いと自分に言い聞かせ諦めていたのである。毎日絵の修理の仕事に疑問を持っていて、何時までこんな仕事をしている自分が寂しく悲しく思えてきたところだったが、何故か辞められず惰性で夢中になって居たのである。

顕子が絵が好きになったのは、祖母の影響がある。祖母は絵師願望で自称詩人であり恋多き女性であったらしい。

吉野山のお寺の娘で古いしきたりに反発し自由奔放に生きてきたそうだ。祖父と結婚したのは、祖父が仏像の修理依頼でこの寺に来たからであった。真面目で仏師の仕事一筋の口数の少ない男に惚れたのである。住職はそれに反対し、祖父に仕事の依頼を断り娘に近づかない様にさせたのである。

娘を同宗派の寺に嫁がせる事を決めていたからであった。祖母の兄は本山で修業中であり、姉達は寺に嫁がされている。素直に言う事を聞かない祖母は、祖父の煮え切らない態度を一変させた。家出して祖父と同棲してしまう行動に出たのである。祖父は、仏師の師匠から破門され二人は路頭に迷い各地を彷徨った。それでも別れる事は無く極限の貧しさを強いられていた。観念した住職は、二人を呼び戻し、住む処を与え住職の伝手で仕事を世話した。

それから二人を独立させたのである。

その時代の祖母は、新しき女、翔んだ女の先駆けであった。そんな祖母を顕子は好きであった。

父は、祖母の影響を受けて後を継ぎ今の事業形態になっていった。

顕子は、父に祖母の実家の寺に度々連れて行かれ、祖母の描いた絵や寺にある絵を見ながら、そこら中駆け回り遊んでいた。そして住職に可愛がられた。

顕子が絵が好きになったのはこの影響だろう。

絵を描いて住職に褒められるのが楽しくて、何度も寺に来て住職を喜ばせて小遣いをもらうのが楽しみであった。

顕子はあの当時の事が今でも忘れられない。

祖母の様な恋がしたいと言う願望はあるが、しかしそれほどの度胸は無い。

毎日他人の描いた絵と向き合っているこの仕事は、中には自分の意志に受け入れられない物があった。

此処まで来てしまった寂しさはどうにもならなかった。

このまま終わりたくない。駄目だこのままだと自分を見失ってしまう。

この堕落に似た身体を何とかしなければ、このままでは自分だけのドラマで終わってしまう。

気を紛らわすために時々絵を描いた。それでもその絵には満足できない、思い通りの絵が描けない苛立ちが一層募っていった。

余り好きでは無かった三島由紀夫の金閣寺を読んだ。今までに無い衝撃を受けた。

美に対する異常なほどの執着は、顕子には理解出来ないほどであった。

観音様はこの世で一番美しいと思い続ける様になった。絵の修復の中ではこの上ない喜びであった。「観音様教えて」と語り掛け仕事をしていたのだ。

それも長くは続かなかった。

「亜紀、あなたが羨ましいわ、楽しくやっているのでしょう。どうして私はこうなの」

と心の中で叫んだ。

そんな状況の中で、森本学園と言う私立の高校から講師の依頼が来た。講師なら行っても良いと考え迷いは無かった。今この状況から抜け出す事が出来るならと思ったからだ。

潰れかかった心を再生したかった。通勤に都合が良かったのだ。

来年の四月から行く事にした。

前回の県立高校から比べれば男女共学と言うのも面白いと勝手に思い込んで、今の仕事から、気分転換になり良いではないかと思ったからだ。

校長が絵が好きで、美術クラブの指導もしているそうだ。顕子が県の展覧会で入賞したのがきっかけで校長から誘いを受けたのである。

授業の中で美術があるが専門の美術の先生が居ない、校長が担当しているらしい。

講義は週三日で、クラブの指導もしてほしいとの条件であった。

依頼があって三日後顕子は、学校に行った。

私立の高校とあって門構えと校舎は立派である。理事長室・校長室に通され面談した。

広い立派な校長室は大企業の社長室の様である。恰幅の良い校長は本革の大きなソファーに笑みを浮かべながら大きく座っている。

「京極顕子です。よろしくお願いします」と深々と頭を下げた。

「校長の森本です。良く来てくださいました」

壁には、真如・真実の大きな額が堂々と掛けられてあり、脇の壁には、本校の写真、幼稚園、予備校の写真と、野球、サッカーそしてチアダンス部の堂々たる写真がいっぱいに掛けられてある。

また豪華なガラス棚には、それを証明するカップや盾が誇らしげに飾ってあった。

顕子はそれに圧倒され、

「凄いですね、話は聞いておりましたが素晴らしいですね、こんな学校で働けるなんて思ってもいませんでした」

校長は顕子の履歴書を見ながらこう言い出した。

「あなたは美大を出たそうですね」

「はい、何とか卒業出来ましたが、家業が特殊な仕事で、お寺の仏像の修理とか修繕や、絵画や掛け軸の修復などやっております。私は絵画や掛け軸の絵の修復などやっていました。

絵が好きで美大に行ったのですが、芽が出ないでくすぶって居ました」

「そうでしたか、でも県の展覧会で入賞したでしょう。私はあれを見て決めたのですよ。

実は私の息子の敦も美大に行ったのですが、素行も悪く堕落した生活を辞めさせようと退学させ文系の大学に行かせました。今は卒業して私の処で働いております。何れこの学園を継がせるつもりで居ますが堕落した生活は直りません」

顕子の驚きは身を震わせた。

「森本敦さん？　美大で一緒だった敦さんですか？」

「そうです。敦は、まだ絵に未練がある様で、何やら描いております。京極さんとは美大で知り合ったそうですね。県の展覧会で入賞したと聞き、私も見に行きました。あの絵は実に良かったですね、敦が絵や美術の講師として来てもらったらと言っていましたので、それじゃあと言う事であなたに連絡したのです。如何でしょうか」

「有難うございます。私で宜しいでしょうか」

「あなたは、県立の高校の教師をしていたそうですね、ならば安心です」

「私は家業の仕事もありますから毎日の受け持ちは無理です。ある程度無理を聞いていただければお受け致します」と返事をした。

「分かりました、そうしましょう。唯週に二日か三日ほど来て頂いて、時間が有るときは美術クラブの担当講師としてお願いします」

「はい分かりました、校長の期待に添える様に勤めさせて下さい。四月からでお願いします」こうして、話は決まったのである。


四月になり、吉野の桜が咲き始めた頃、周りの草や木の緑が芽吹く頃、顕子の心身も動き出した。父や母も応援してくれた。

顕子は、春の薫風を受けながらオートバイで学校に向かった。実に気持ちの良い日であった。

校門を入るとライダー姉やんが来よった？　とたちまち噂が広まった。男子生徒たちは顕子を囲む様に寄ってきた。

顕子は、手を挙げて「ようっ」と挨拶した。

好奇心の強い生徒たちは「あのぅ、来るとこ間違えたんでないの？」

顕子はヘルメットを脱ぎ、「間違えたかな？　校長先生に誘われたから間違いないよ、今日からこの学校に講師としてきたんだよ、よろしくね君達」

「うわーかっこいいな、俺たちバイクは禁止なのに先生は良いんだ」

「あらそうなの、校長に聞いてみるわ」

そう呟きながら、革ジャンを脱ぎ脇に抱えて受付で名前を言うと校長室に通された。

驚いた事に、校長の脇に敦も座って居たのである。

「おはようございます。本日からお世話になります、京極顕子です、宜しくお願い致します」と挨拶した。

「敦さん久しぶりです、まさかまた会えるなんて思いませんでした」

久しぶりに会う敦は、以前の様な貧相な顔には見えなかったが、身なりはきちんとしている。何故か落ち着きの無い理屈っぽい態度は変わらない様に見えた。

職員を紹介され挨拶が終わると、教務主任から時間割を渡され受け持ちの教室の説明を受けた。

敦は徐々に執拗に顕子に近づいてきた。何かと理由を付けて応接室に呼び込む。

「顕子さんどうですか、出来ますよね、すぐに慣れますよ」

「はい、私鈍感ですから、余り緊張しない方なんです」

「そうですか、私は臆病だからなかなかこの仕事に馴染めないんです、不安なんです」

「不安なんて無いでしょう、この学園を引き継ぐんでしょう、お父さんは貴方に期待しているんでしょう」

「それなんです、それが不安なんです」

「それは大変でしょうがレールは敷かれているんだもの出来ますよ」

「いや、父は俺より姉の方を買っていますからね、姉は三つ幼稚園を運営していますから、父も安心しています」

「でも敦さんは予備校の事務長で学園の副理事長なのでしょう、それなりに頑張っているでしょう。優秀な人を上手く使ってでーんとしていれば良いんではないの、貫禄付けてね」

「それはそうだけど、親父が何かと煩いんだよ」と言う。

「敦さんがしっかりしないからでしょ、期待している証拠よ」と言い返しておいた。

互い頑張りましょうと言い、その場を逃げ出すしかなかった。

顕子は、このぼんぼん息子がこの先どうなるのだろう。どうしても好きにはなれなかった。学生時代になんでこんな男と思うだけでも嫌気がさすのであった。

父親の心配は分かる様な気がした。

絵を描くのもやめられないでいるのだろうか。思う様な絵が描けない、認められないと言う葛藤が彼を狂わせているのだろうか。

敦は教員免許を取らなかった。美術部の顧問として時々指導をしている程度だったが、少し出しゃばりすぎて校長から出ない様に言われ、そこで顕子を採用したのである。

この私立高校は進学校であるが、生徒の半分程度はスポーツ系に所属している。

悪と言われる生徒も多い。兎に角元気が良くて生意気な生徒達である。

しかし顕子には話しやすい生徒達であった。

顕子は雨以外は通勤にオートバイ、服装は作務衣と兎に角変な女先生であった。

変わった女先生であると思われた。

「先生は、元暴走族ですか、転んだら起こせるのですか」

「はい一人暴走族ですから、捕まった事は無いんだな、四五〇ccのオートバイは起こすのは君達では無理だろうね、私は簡単だよ」

「その着ている着物は何ですか？」

「これは、作務衣と言う着物ね、私の実家は仏像の修理や絵画の修復、神社仏閣の修繕をやっています、それに絵画や掛け軸の修復をしています。その時の作業着がこの作務衣なの、仕事着ね、これが一番良いのよ」

美術の授業は生徒によってはつまらないものである。大方物の形を描くのは不得意なものである。形は分かっているが何故か描けない。それは良く観察していないからだろう。
進学や就職には別に重要ではないからである。
特に女子はアニメの顔とか少女漫画の絵は良く描く、しかも上手である。
それは、線と点と色が最初に有ってその通り描けばその絵になるからである。
美術の教科書に沿っての授業は顕子にはつまらなかった。一応それに沿って
する。古代ギリシャ、ローマ、現代そして日本とその時代時代の風潮を、顕子
特有の感覚で説明していった。
しかし、それは授業の中で時間の半分程度で済ませ、飽きが来るのは分かっ
ていた。
後は雑談と遊びに話を切り替える様にしたのである。
スポーツで相当きつい練習を強いられている生徒が多い、彼らはじっとして
いると眠気が起きるのは分かっていた。
「あなた達、疲れて眠いでしょう。眠い人は眠っていいて構いません。出席した
だけで単位はあげます。いびきをかかない様に静かに寝てくださいね」
「先生大好き」と歓迎された。

こう言って拍手をする生徒もいた。

「あのね、寝てても良いって言ったなんて他の先生に言わないでよ、私首になってしまうからね、私は知らなかっただけだよ」

こう言うとまた笑いが起きた。

「でもね、美術が好きな人はとんでも無い先生だと思う人もいるでしょう。私も絵が好きで美大に行きました。でもね上手になれませんでしたね。絵を描く楽しみは持っています。たまに絵を描いて自己満足しています。その絵がこの前県の展覧会で入賞してしまったの、その絵を見た此処の校長が私をこの学校に誘ってくれました。

私を認めてくれた第一号でした。前は皆さんがよく知っている県立高校の美術の臨時教師をしていましたが、超進学校でしょ、美術なんて頭になんて無いのよ、だから眠たい人は眠っても良いと、また違う勉強をしても良いとしていたわ、私皆に好かれたの、人の顔を描いたり彫刻をデッサンさせたり好きな様にさせていました。

だから、半分の時間は教科書の通り授業しますから聞いて頂戴。後の時間は自由にしましょう」と言った。

「皆さんが高校を卒業して、就職する人、進学する人、スポーツ系の大学、社会人になる人と色々あると思います。そこで他人や上司に説明したり自分の思いを上手に伝える手段として話上手でなければなりません。

それに絵を描いて説明出来たらなお分かりやすいかも知れません。絵は下手よりも上手な方が良いでしょう、上手になりたいと思わない？」

一人の女生徒が、

「先生は絵が上手だから先生になったのでしょう」

「いや決して上手ではありません。絵が好きだっただけです。賞を貰う為に描いているのではありません。ただ、描くのが心の癒しだったのです。他人よりも沢山描いたのは確かですが一つとして満足はしていません」

顕子は、今まで無言で絵の修復をしていた自分が嘘の様に思えた。溜まりたまっていた思いを吐き出す様に話す事が出来たのだ。

そして、ある日の授業で、こう言った。

「皆さん、猫が鼠を狙っている絵を簡単に描いてみましょう。下手でも良いです。それが出来たら自分の手も描いてみてください」
一瞬皆は首を傾げて笑った。
何で猫なの？　鼠って見た事無いよ、まるで子供の様にはしゃいで描いてい
る。こんなの描けても、何の役に立つの先生と文句を言いながらも描いている。
顕子は、廻りながら生徒の描いたものを見て、
「どう、描けた様だね、目の前に猫が居ればそれなりに描けるでしょうが、想
像で描くのは難しいでしょう。自分の手は見ながら描くから皆描けますね。で
すから目の前にある物はそれなりに描くことが出来ます。
漫画や、少女雑誌、アニメの絵を描くのは皆さんはとても上手です。それは
そこに見本があるから誰でも真似が出来ます。難しいのは人の顔です。人物の
顔は難しいです。特に似顔絵は描き方によっては失礼になり最悪の関係になる
恐れがあります。ですから良く観察して何度も練習をすることですね。上手く
なりたい人はそうして下さい」
顕子は、黒板に、猫と鼠の絵を描いてみせた。一同はおおー、さすが先生と
声を立てた。

そして、一番前の女子生徒の似顔絵をさっさと描いて見せた。

「どう、似てる？」

「似てる似てる、英子可愛いよ」一同は拍手して、「さすが先生どうしてそんなに上手く描けるのですか」

「上手くは無いよ、こう描いてと言う声が聞こえるの、誰でも練習すれば描けるよ、ではこの黒板の絵を真似して猫を描いてみてよ、同じく描けるから、私は大学時代に友達と一緒に祭りの日に小遣い稼ぎで子供の絵を描いて稼いだわよ」と少し自慢げに言った。

このクラスの中に一際体の大きな男子がいた。彼は野球部のエースで四番、染野翔太と言う選手で、県下一と言われている。スカウトの目に留まるほどの逸材であった。

一見大人しそうで静かな男だ。彼の描いた絵を見た顗子は、その上手さに驚いた。

「染野君上手いですね、絵が好きなの？」

「いや、それほど好きではないですけど、描くのは好きです」

照れくさそうな素振りを見せた。

「野球頑張ってね、応援しているよ、疲れたら休むのよ」

彼は小さく頭を下げ、はい頑張りますと言う声は何故か気になった。何故か描きたい顔に思えた。


放課後顕子は度々野球部の練習を見に行き、一塁側の桜の木の下のベンチに腰掛けて眺めていた。彼は投手で四番らしいと知った。他の誰よりも大きく大人に見えた。

スケッチブックを取り出して、その様子を描いた。

やはり翔太は絵になる男に見えた。気付いた彼と仲間たちが顕子の前に近寄り、先生何を描いているんですかと囲まれた。

「これ翔太でないの、良いな翔太」

「先生、僕のも描いてよ」

「君達、甲子園に行くんでしょう、さぼっていては駄目でしょう、監督さんに怒られるでしょう」

「夏の大会で勝って、甲子園に行くよ」

「あらそうなの、もしそうなったら皆の雄姿を描いてあげるわ」

遠くから監督の声が聞こえた。

「こらーお前ら、休んでないで、練習だぞー」

と鬼親父の様な声が聞こえた。顕子を威嚇するような目を向けると、選手たちを集めて何やら気合を入れている。顕子は、その場を離れた。

顕子は、野球部の染野翔太が気になっていた。次の日も放課後自然とグランドに足が向いた。

翔太の野性的な雄姿を描きたい衝動がそうさせていたのかも知れない。

初夏になり、桜の木の下で絵を描き始めた。全員描こうとすれば毎日来なければならない、絵になるのはやはり翔太だ。

監督も顕子の事が気になっていた様だ。

「先生、野球が好きな様ですね。ならば部活の広報となる絵を描いてくれませんか」

顕子は、真っ黒に日焼けした髭面のこの監督も正に絵になる男だと感じた。

監督は、一応国語の教師らしく、野球部の監督として請負者の様な立場である。

「監督分かりました。描かせてください。今度の試合は何時ですか、見に行きます」

「今度の土曜日で市の球場で準々決勝で今度勝てば準決勝です。なに、勝ちますよ、染野の球は簡単には打てないからね」

「あのね監督、私は京極顕子と言います。監督は」

「俺か、佐々木と言うよ、あんたは美術の先生だってね、部員の連中はあんたを気に入っている様だ。時々見てやってください」

「そうね私、野球好きになりそう、応援するわ、ところで染野君は絵になる男だわ、でも大人しいのね、何か秘めたものを持っている顔に見える」

「染野は、私が指導してきた中では最高の逸材だね、だが、気が優しすぎる。母一人子一人でね事情は分からないけど、私は深入りしないよ。彼を伸ばしていい所に入れてあげたいな」

そう話す監督は、鬼と呼ばれているけど、人としての優しさは持っている。

顕子は、頼まれた絵を描き終わり、それを球場に持って行った。大きな絵は苦労はしたが、スタンドの応援席の生徒達で掲げた。一同から、おおおと声が上がった。

染野の投球姿と、ホームベースにスライディングしている絵だった。行けるぞ甲子園！　と大きく描いた。その絵を応援団が取り上げ、皆に見える様に、右と左と動き廻り、歓声を鼓舞した。顕子もつられて出したことも無い大きな声で応援した。

試合は勝った。汗だらけの応援は初めてだ。こんなに汗を掻いた事は顕子にはない経験であった。次の準決勝も勝った。決勝は、校長と敦も来ていた。顕子もそこに一緒に立って応援した。でも敗れた。染野だけでは勝てなかったのだ。

全試合一人で投げてきた疲れは、限界に達していたのだろう。勝てると思った監督は、途中で彼を交代させた。その後逆転されたのだ。声の限りの応援は、ため息と化した。

部員たちは泣き崩れ立ち上がれない選手もいたが、染野はしっかりと立って堂々としていた。三年間の野球漬けの青春は終わったのだ。

数日も経たない内にＯＢや父兄たちの一部の常識とは思えない醜い行動が起きた。

あの監督の奴、なんで染野を交代したんだとか、あそこはバントだろうとか、一点は上げられたのに、どうしてあそこでバントをさせなかった。だから負けたのだ。と罵ったのである。

夜間に校門の扉を破壊し、教室の窓ガラスを数枚石を投げて壊す暴挙が起きた。

結果で評価される監督には同情するが、それを甘んじて受けるのは監督なのだと顕子は思った。

顕子は、監督に、染野のこれからの事を聞いた。

「染野は、プロ球団からの誘いがあるけど、全国にはもっと力のある選手がいます。

プロも良いけど芽が出るまでを考えると、企業のノンプロに行った方が彼の為には良いだろうね。大学は費用の面で無理でしょう。私の居たチームに行かせようと思っています。お母さんにも話してあります。彼は真面目ですからノンプロからプロに行った方がよい、彼もそうしたいと言っているからね、そこで駄目なら、別の道でもやれると思います。大丈夫ですよ」

「そうですね彼は大丈夫ですよ、私も応援します」

染野は、監督の勧めでノンプロ行きが決まり卒業した。

彼が卒業する前に、「一度染野君のお母さんに会いたいな」と言ったことがある、予想もしなかったが、彼は「どうぞ来てください」と言ったのを思い出した。

彼の思いなのか、母が会いたいと言ったのかその辺は判らない。アパートで母と二人暮らしは想像していた。六畳と四畳半の和室は狭い感じに見えた。

彼の母は、体が小さくきゃしゃに見えた。翔太の様な大きな体は父に似たのだろうと顕子は思った。

声は、はっきりして毅然としていた。

「先生、翔太の事心配してくれてありがとうございます。翔太は色んな人に世話になっています。体はこの子の父親に似て大きいです。でも体に似あわず気が優しいんです。親ばかなんですけど良い子なんです」

「母さんそんな事良いよ」と翔太は言う。

「監督さんには、大変お世話になりました。監督さんから、翔太からも先生の事を聞きました。面白い先生らしいですね」

「私ですか？　私は少し常識から外れている所が有りますから、時々それるところが有ります。自分では気が付かない所ですが、これが私なんでしょうか、いつも反省しています。これだから結婚も出来ないんでしょうね」

ははは、と顕子は笑った。

「あらまあ、早く結婚はした方が良いですよ、親も心配でしょう」

「話は、ありますが、私はしたくないんです。駄目な女ですから」

「ところで翔太君、ほんとはプロに行きたかったのでしょ？」

翔太は、暫く俯いて、

「はい、ほんとは行きたいと思いました。契約金もいくらだとも言われました。母を楽させてと思いました。でも自分では自信があったのですが、監督の言う通り芽が出なかったらと考えノンプロに行く事に決めました。給料は会社ですから安いですが、生活は出来ます。そこで頑張ればプロにも行けます。そう決めたんです」

顕子は、この若い翔太がそこまで考えているとは、やはり自信と実績のある者は、言う事もしっかりしている。息子に頼らない母も立派に思え羨ましいと思った。

顕子は、母がジーパンを穿いている事に気が付いた。

「お母さん、ジーパンが似合いますね、翔太君も良いジーパンだね」

母は「私はジーパンの縫製工場で働いているの、これは丈夫で長持ちだね、貧乏人には一番だわ」と笑って言った。

顕子は、持ってきた翔太の似顔絵を渡した。

「今度来る時があったら、是非お母さんの顔も描いてみたいですね」

「先生は美術の先生なんだってね、素晴らしいわ、私の顔なんて描いても何の価値もないわやめてよ先生」

「いや、描かせて下さい、描きたいうちのひとりですから」

出前の寿司をご馳走になり、染野家を後にした。久しぶりに心が和んだ。

年度が替わり、新入生が入ってきた。私立学校の先生たちの異動は殆どない。目をつけていたスポーツ選手も入ってくる。部員数の多い野球部もし烈な戦いが始まっている。

顕子も変わった先生として浸透してきた。

夏休みに入り、少し暇になるかなと思っていたが、美術部の様子が気になり度々出かけて行った。

「みんな、記念に残る大作を描いてみない？　例えば駅の地下通路の壁にあっと驚くような絵とか、幼稚園に出向いて絵を教えたり、大きな絵を描いてあげたりしてみたくは無い？　あるいは、工事現場の囲いの壁に絵を描かせてもらうとか、楽しくやろうよ。交渉は私がしてきても良いわよ」

生徒たちは、「今度の学校祭には描くつもりで居るよ。課題がなかなか難しいのよ。何かみんながあっと言う絵を描きたいわ。先生、駅とか幼稚園とか現場の仮囲いの方の交渉をお願いします」

市や駅の方の交渉は思ったより快く受け入れてくれた。また市発注工事現場の仮囲いに描かせてもらう事になった。最近工事現場が汚いと言う環境やイメージアップをするために、業界が率先して取り組んできている風潮があった。塗料と刷毛は業者の提供と言う事で歓迎されたのである。建設現場は自然環境の風景が良く似合うと思い、顕子は通学路の土手に咲いているあのアヤメの群生を生徒らに描かせた。

これは、大変な反響を呼び、新聞にも写真入りで掲載された。俄然顕子の指導が評価されたのである。

そんな日々を過ごしていた顕子に、あの男、敦が更に近づいてきた。執拗な誘いは、どうしても相いれないし、苦痛に感じていた。

あの時、何故こんな男と関係を持ってしまったのだろうか、今は必然的に拒絶反応が起きてしまう。

校長も敦の嫁と考えている様だ。

「京極さん、どうだろう息子の敦と結婚してくれないだろうか、何れこの学園を引き継いでもらわなくてはならない。京極さんでしたら敦もしっかりやってくれると思う、京極さんを好いている様だし、上手く舵を取って頂く訳にはいきませんか？　うちの家内も賛成してくれていますから考えてくれませんか?」

　顕子は、躊躇なくはっきり言い返した。

「校長、私には出来ません。敦さんを嫌いな訳でもありません。私は女として失格ですから、やれる自信が有りません」

　その場はそれで納まったが、あの敦がどうしても好きにはなれなかった。そしてこの学園を任されたとしても、顕子には予想外であり、その自信は無かった。

　敦は、執拗に迫ってくる。事あるごとに、校長も奥様にも顕子は迫られる日々が続いた。

「京極さんお願い」

　それを聞くたびに顕子は段々と居づらくなってきたのである。敦には、その気は無いとはっきりと告げた。

　こんな状況は二年以上も続いた。

　秋近くになり、顕子は辞職願を出した。

　家業を手伝い、仕事に集中しようとしたが、何かが壊れかけた様に、なかなか気が向かなかった。敦、校長、奥様の影が浮わついて離れられなかった。

「私、何か悪い事をしたの？　ただ嫌なんです、想像しても到底受け入れられない」

このまま身が入らない状態が続くならば、此処を去らねばと思う様になっていった。

結婚なんて無理だわ、ある時期小説の様な恋を夢見た。それは一瞬に消え、頑なに閉ざしてしまった。きっと不幸になる。他人を傷つけてしまう。

「嗚呼、なんて私は捻くれた駄目な女なのだろう」

そうだわ、旅に出よう、何処か遠くに、この堕落した身体を洗い直してくれる処だ。もう一度生まれ変われる処。

東北みちのく？　未知の世界があるかも知れない。私の心を洗い出してくれる処、其処にはあるかも知れない。見えない糸に引っ張られる様に出かけたのだった。

子規の歌が後押しする様に、心が騒いだ。そして学校を辞めた。

**みちのくへ　涼みに行くや　下駄はいて**（子規、はて知らずの記）

気が付いたら田島のお寺にいたのである。

## 二つの故郷

ここ田島に来て帰りそびれて、三月になってしまった、道以外はまだ雪は解けないで残っている。

朝早く起きるのが苦手であった顕子は、四時か五時に起きる生活も慣れてきたところであった。お寺の決められた仕事は多く時間通りに流れて行く。今まで堕落してきた自分の生活を直すのには良い所であった。

顕子は、朝の住職の読経を毎日脇で聞いていた。経本を借りて目を通して聞いていた。

経本があれば何とか読める様になっていた。

通夜のお経、枕教、葬儀告別式のお経等色々と教えられた。必要とされる道具とその使い方等、本当の和尚になるには大変である。

まだ、和尚になりたいと言う心は無かった。

雪が解け出す様に何故か引き込まれていく様な気持ちが起きてきたのである。雪が解けたら、帰ると言う気持ちは変わらない、雪が解けるまで居てみようとしていた。

葬式は、突然やってくる。通夜には、住職一人だが、送り迎えの運転をして行く事もある。

葬式は、今は葬儀会場で行われるが、道具や着替えの衣装を持って車で行く様になった。

戒名、卒塔婆書き、この一連の事は住職一人でやってきたのだ。

顕子は、時間がある時は、一旦寺に帰り、電話番と来寺の相手と想像以上に忙しい。

法要法事の準備についても、顕子に求められる。

「顕子さん、悪いね色々と小間使いまでしてもらって、本当に助かっています。今月は帰るんでしょう」住職はもっと居てもらいたい様な顔に顕子には見えた。

「はい、その考えでいますが、前に約束した、算額の修復と曼荼羅絵の修復がありますから、それが終わったら考えます」と言い、絵は出来ないと少し迷っている様子を見せたのである。

雪は解けて、帰る時が来た。

住職に、長々と別れを話す度に、もっと居ようかなと思ったが、気持ちを振り切って帰る事にした。そしてまた来ますねと言った言葉が、顕子の心を楽にしたのである。

また来れる。必ず来ると自分に言い聞かせた。世話になった車庫から車を出し坂を下りる、誰かが後ろから糸で引いている様な気がした。

住職が立って見送る姿がバックミラーから見える。二日がかりで実家に着いた。

久しぶりに母に会えた。やはり母は恋しかった。

「母さん帰ったよ、やはり実家はいいわ」

「当たり前でしょう、お前の生まれた処だよ、好き勝手に歩くのはもうよしな、結婚しなくても此処に居れば良い、もう言わないよ、結婚したくないのに、勧めたりはしないから、好きな様にしたら」

「お母さん有難う、迷惑ばかりかけてごめんなさい。こんな娘だけど、母さんの傍に置かせてよ、明日から仕事するから」

父も兄も、おう帰ってきたかと言う素気ない言葉であった。

仕事場に戻った顕子は、皆にまたよろしくねと挨拶を済ませた。その中に見知らぬ女性が働いていた。

「よろしくね、私、柴村芳枝と言います。顕子さんが居なくなってからお世話になっております」

年は、四十代、奈良の掛け軸専門店の宝賀堂で働いていたらしい。訳あってここで働いていると言う。

見るところによると相当の腕と技術を持っていると顕子は感じた。親方も認めるところであった。

顕子が持っていた自負心は崩れそうになった。そしてこの人に学ぼうと心に決めた。

「芳枝さん、私に教えて、私今までそれなりにごまかしてやってきた様に思われてなりません。本物の技術を学びたい」

柴村芳枝は、

「私ね、中学を卒業して、女の丁稚奉公だったのよ、ずうっとこの仕事してるの、店の主人に叩かれながら覚えたわ、店を仕舞うと聞いた時、私途方に暮れたわ、そんな私を拾ってくれたのは、ここの主人だった。涙が出ました。顕子さん、一緒にやりましょう」

「こちらこそ、よろしく、私いつも浮わついた女ですから余り当てにはなりませんけどね。お一人ですか」

「いえ結婚して子供が一人います。主人とは別れました」

芳枝は手を休めず表情を変えず淡々と話した。

「顕子さんは？」

「私？　私は結婚する資格が有りません、ですからこれからもずうっとしませんし」

「じゃぁ、ずうっとこの仕事？」

「さあ、私は気まぐれですから、またひょこっとどこかに行ってしまうかも知れません」

「良いわね、羨ましい、私も許されるなら、そうしたいわ」

顕子は、その言葉を聞き流しながら、なんて私はいい加減な女なんだろうと痛烈な思いが突き刺さった。

芳枝の仕事は速い、しかも丁寧で少しのミスも無かった。顕子の様な迷いや手を抜くことも無い。

子供の時から畳み込まれた技術は、到底うわべだけの顕子には出来なかった。

「芳枝さん、すごいわ、その技術は私にはまだ出来ないわ、私も早くそうなりたい、教えて、昔の人の様に盗んで覚えろって事かな、苦労したでしょう」

「苦労？　私の家は貧乏で、中学を卒業すると奉公同然で宝賀堂に行きました。雑用でもなんでもしました。三年も過ぎた頃主人の手伝いで掛け軸の修理を手伝わされ、厳しく指導されました。私器用だったから、主人に褒められるのが楽しくて夢中で手伝う事になったのです。跡取りが居たのですが後を継がないと言うので店を閉める事にしたのです。

そこで知り合いの京極さんを紹介されました。私、この仕事しか出来ませんので、嬉しくて此処に来たのでした。顕子さんと友達になれて嬉しくて楽しいです。でも顕子さんは、何時までもここで仕事をしていられるとは思いません。早く結婚してお母さんを安心させて下さい」

「いえ、私は結婚しません。良い妻になんてなれませんから」

「お母さんは、孫の顔を見たいでしょう」

「さあ、諦めているみたいですよ。私、親不孝なんですよね」

「そうなの、残念ですね。そのうち良い事が有りますよ、きっと」

「そうね、良い事は自分で見つけなくちゃね、頑張りましょうお互い」

そうして二人は姉妹の様に笑った。


半年も過ぎた頃、森本学園の理事長が突然やって来た。断ったはずの縁談がぶり返してきたのである。

「顕子さん、助けて下さい。敦を立て直してください。家内が行くと言いましたが、この父親が行くからと止めました。どうしても諦めきれないのです。顕子さんから見れば駄目な男ですが、顕子さんとなら立派にやれると言うのです。私と家内からのお願いです。どうか分かってください。もう一度学校に来てください」

母は、「顕子、森本さんの気持ち分かってやりなさい。顕子にはもったいない話、何が駄目なの。一生独身なんて寂しいよ」

そう言う母は、顕子の気持ちは分かっていた。

「顕子、はっきりしなさい、中途半端な返事だからみんなに迷惑をかけるのよ」

と叱る様に言った。

顕子は、

「前にもはっきり言いましたけど森本さん、私はその気が有りません。折角の話を断るなんて、失礼とは十分承知していますが、これが私の本当の気持ちです」

そう言うと顕子は深々と頭を下げ失礼を承知で席を立った。

その後、森本さんからの話は無くなった。顕子は、申し訳なさと、刹那さと寂しさが入り混じりそんな自分を責め続けた。どうして私ってそうなの、どうして私はそうなってしまったの、嫌なものは嫌なの、ああ、また此処から逃げ出したい、観音様、母さん、私は駄目な女なの？

田島に行こうかな、行きたい。住職は笑って迎えてくれるかな。行っても良いかな。

住職助けて、行っても良いよね。また来ますと言ってきたよ。

でも田島に行ってどうするつもり、坊さんになるつもり？

顕子の心は、すでに田島に向かっている。春になったら行こう。春はまだ見ていないから、此処とは違う春だろうね。きっと迎えてくれるよ。

あれから、父も母も結婚の話を持ってこなかった。冬の寒さを耐え抜いた桜や球根は、春を待っている。私も私の春を待っている。

春は、間違いなくやってくる。行くと決めた顕子は、浮き立っている。

母に行く事を告げると母は感づいていた様である。

「顕子、本当に行くの。馬鹿なんだから、止めても行くんでしょ、何が良いのあんな田舎、何時か帰ってきてよ、まさか向こうに一生いるなんて言わないでしょうね」

「母さん、私の我がまま許して、帰ってくるよ心配しないで」

母は泣いている様な顔をしている。顕子も少し涙が落ちた。

嫌なんです、今の自分が、嫌なんです、このまま時間のすぎるのが、顕子はそう叫んだ。

早朝慣れ親しんだオートバイにまたがり、一人娘のライダー姿を母は見送った。

遠くに吉野山の桜が咲いている様に見えた。

距離は八百キロほどある。二日掛ければ着くだろう。無理すれば一日で行けるだろう。

旅は呆れるほど長く無言だ。何も考えずにオートバイに跨った顕子の心は放心状態だ。何日も乗り続けた様に感じた。

田島の近くに来ると、はっきりと道は知っていた。あそこだわ、この道を行くと、あのお寺は間違いなくある。見えた瞬間、顕子の心臓は高ぶった。

住職は、手を振って迎えてくれるかな、ほんとに来たの？　なんて言うのかしら、帰れ、なんて言わないよね、私帰るところが無いんだから、頼んでも置いてもらおう。

ああ、着いた。午後の四時になっていた。長時間風に当たった顔は強張っていた。

住職は不在の様だ。この静けさは恐ろしくも感じられた。連絡もしないで来たから当然である。いきなり来て驚かしてやりたかったのだ。

顕子は、誰も居ない本堂に無断で上がり、座禅を組んで待っていた。

暫くすると車のエンジン音が聞こえた。

「なんだ変なバイクあるな、誰だ？　和歌山ナンバー？」

ああ、住職の声だと顕子は分かった。

渡り廊下から速足の響きがドンドンとはっきり聞こえた。顕子は胸が痛くなるほどに鼓動が響いた。

「だれ！　京極さん！」

「住職さん、私来てしまった、また少しの間、私を置いて下さい、帰れと言われれば帰ります」

「馬鹿だね、せっかく来たのだから、帰れなんて言わないよ、ずうっと居たら、気が済むまで」

　顕子は、涙顔になり、

「有難う住職、私もう少し自分を洗い出し、ここで修行したいんです、生きる術を自分で見つけたいんです」

「何が良いんだい、こんな田舎の潰れそうな寺なんて」

「それが良いんです。何もないなんて言わないで、私は何かを見つけたいんです」

「そう、何かをね、好きなだけ居なよ、見つかると良いね、一緒に見つけよう」

　こうして、顕子はまたこのお寺に世話になる事になった。

「よーし、今晩は歓迎会をやるべ」

　そう言うと、田島荘の妹に電話を入れ、お膳を運んでもらい、二人で食事を済ませた。

　その前に、仏壇の奥様に線香を上げ、遺影に手を合わせた。

　しかし此処で住むには問題があった。この寺で住職と二人で生活をすると言う事だった。

顕子が、そんな事気にしないとしても、住職は、やはり簡単にはいかない事だろうと思った。

「住職さん、私が此処にお世話になるとして、男と女でしょう、世間は可笑しいと思うでしょうね」

「うーん、それは有るね、小さな部落ですから、かと言ってどこかに泊まって此方に通うという手もありますが、とりあえず今晩だけは此処に泊まって、妹の田島荘に暫く泊まって居てもらいますか。檀頭に相談して、また妹にも相談して、住み込みの手伝いさんとして了解を取りましょう。まあ何かと言う人があると思いますが、お寺の事情は皆知っていますから問題ないと思います」

顕子は、田島荘に数日泊まり、住み込みとして迎えられたのである。こうして、このお寺の住み込み見習いとして働く事になったのである。

顕子も、悩んでいる暇は無かった。毎日の炊事洗濯家事などしたことも無かった顕子は、主婦の様にこなした。日が経つうちに、当然良からぬ変な噂は広がっていった。

檀家の人も寺に何かと用事を見つけて顔を出す様になってきた。

「住職も、若いお手伝いが来て、楽しい様だね」

とか、顕子の顔を見るためにやってくる人もいたのである。でも評判はすこぶる良かったのである。

葬式の準備、法事の準備、総代と顕子の役目はそつが無く大いに感謝された。お寺の仕事、勤めは顕子の考えていたよりも、役割は多い。

檀家の葬式は、顕子が運転して行くことが多くなった。お経は自然と覚える。大きな葬儀は、顕子も法衣を着て鳴り物と合唱する事もあった。女の坊さんと人気があった。

お寺は意外と忙しい、好きな絵は十分に描けると思っていたのだが、その時間は無い。

このままだと私お坊さんになってしまうのかしら。坊さんになりたくて来たのではないのに？

でも、何となくそんな気がしてきた。

私は、此処に来たくて来たのよね。今更嫌だから帰るとは言えない。住職もこのまま居てもらうつもりで居るのだろうか。

顕子も、迷い始めた、でも辞めたい気持ちは起こらなかった。

半信半疑の住職は、彼女は何時まで此処にいる積もりだろうか、居てくれるのは有難いけどこの不思議な夢の様な現実は、何時かは消滅するだろうと思っていた。

ある日突然さようならと去って行くのだろうか。彼女がどんな気持ちでこの寺に来たのだ。

其処の気持ちがどうにも分からない。

此処ではっきりと彼女の気持ちを確かめておかねばなるまいと思った。まさか坊さんになる気なのだろうか。

若い娘が結婚もしないで坊さんになると言うのか？　それはどうしても理解できない。

私もあと何年お勤め出来るか分からない。しかし、この寺の為にも、檀家の為にも良いかもしれない。

私には、子供が無い。私が亡くなれば本山で坊さんを向けてくれる。恐らくそうなるだろう。

もしかして、顕子が私坊さんになると言ったらどうする。

まさか、そんな事は無いだろうが、そうなら教えがいがある、とことん教えてやる。

何時か聞いてみなければならない。いや早くしなければならない。何時までも頼り切っている訳にはいかないだろう。

住職は、働く顕子の横顔を眺めながら、その事ばかり頭が過った。

長い冬と闘いながら、春には決まった様に木々の花、草木の花が咲く、時の過ぎるのを早く感じて、一年以上たった頃、住職は顕子にこう話しかけた。

「顕子さん、すごく感謝しています。私の思いを聞いてくれますか」

「なんですか住職」

「うーん、実は、顕子さんは何時までこの寺にいるつもりですか、顕子さんの人生を私が止めている様な気がしてなりません。辞めたい気持ちがあるなら何時でも辞めてもらっても良いのですよ。私には引き留める権利は有りません。もっと楽しい人生があるでしょう。まだ若いのだから」

顕子は、暫く俯いて、

「それは何時か言われると思っていました。得体の知れない女がいきなり押しかけてきて居座っているのだから、帰れと言われても仕方が有りません。帰りなさいと言われればそうします」

慌てた住職は、

「いや、そうは言っておりません、何時までもこのまま甘えていてはどうなのだろうかと思っただけです。追い出す様な事は出来ません」

「なら、置いて下さい。私好きなんですこの仕事、人間の醜いしがらみが無くて心が落ち着くのです。この仕事満足しています。私には合っています。私を置いてやって下さい。坊さんになれと言うならなります。この頃そう思う様になりました。もう少し時間をください」

顕子は、しっかりと住職の顔を見つめて少し涙目で言ったのである。

住職は、

「顕子さん悪かった、私は本音を言ったまでです。顕子さんの本音も聞きました。いつかこの話をしなければならないと思って言いそびれていました。有難う顕子さん」

住職は気が少し楽になったのである。

住職は、年甲斐も無く何時かこの女を抱きたいと思っていた。そんな素振りを見せないでいたがこの時ばかりは様子がおかしくなって、有難う有難うと顕子の手を握りしめた。

顕子も、さほど驚く様子も無く、自然と住職に体を寄せてきた。二人は無言で抱き合った。

静寂で漆黒のお寺は、誰も邪魔をする者はいない。二人だけの営みだった。

田島荘の妹が時々やって来る。住職は様子を見に来るのは分かっていた。妹には、住職が前よりも生き生きとしている様に見えた。

突然、「住職、顕子さんと結婚したら？　そうすれば部落の人達も、変な噂をしなくなるわよ、顕子さんは、まだ若いから、子供も産めるでしょう、後取りも出来るかも知れない、そうすれば、このお寺も無くならずに済むでしょう」

「あら、なんて言う事を、私の年でそんな事したら笑いものだね、あのエロ坊主なんて」

「そうかい、世間には居るよ、エロ坊主で良いよ、言わしておいたら。先代の住職はエロ坊主だったよ」

顕子の居ない所で二人は笑いながら話していた。

顕子は、奥の部屋で絵を描いていた。檀頭に頼まれた絵である。これで三枚目であった。

顕子の絵は、檀頭の五十嵐医院の待合室に一枚、公民館に一枚、役場の待合室に一枚掛けてある。

この地では画家で通っている。しかも泉現寺の女坊さんと言う事になっている。

町の公民館で絵の展覧会が年に二度ほどあり、顕子はその審査員も務めている。

また、自分の絵も展示してある。

そのことが縁で、絵画教室の講師もすることになっていた。

顕子は、充実した生活を送っている。これも五十嵐医師の勧めであった。

五十嵐医師は、

「京極さん、あなた高校の教師の経験があるんでしたよね、勿体無いね、地元の高校の教師をやるつもりは無いかね、県の教育委員会に知り合いがいるから紹介しても良いけど、やる気があるなら、頼んでも良いよ。お寺はそんなに忙しくないからどうだね」

顕子は、

「私は、和歌山で此処に来る前に一時教師をしていました。担当は美術でした。でも色んな事が有りまして辞めました」

「惜しいですね、でもねこんな田舎の小さなお寺に来るなんて、考えられません。よほど何かがあったのでしょう。それは聞きません。非常勤講師でも良かったら、私に言えば叶えてあげますよ」

こう言われた顕子は、まんざらでもない様であった。

暫くそのことが耳から離れなかった。

私のしたい事はなんなの？　このままこのお寺で生活するの、此処まで来てまた教師になるの、和尚になるの、どうするの、顕子はまた悩み始めた。

住職と二人でお経を唱える時の心の安らぎ、一人で唱えるのも何とも言えない安らぎを感じていた。

住職は、高校の教師を勧めている。私一人でも出来ると言っている。

「それじゃ私此処に住めなくなってしまう。住職と一緒に住めなくなってしまうわ、私此処から出たくない、置いて下さい」

と顕子は、子供が親に訴える様に話した。住職は何も言わなかった。

今年も夏に、田島祇園祭が行われた。顕子は、応募して七行器と言う花嫁行列に参加出来た。

一度も、花嫁の衣装を着たことが無かった。古式豊かな衣装は強烈な印象を受けた。

三十三人の花嫁が町中を行列する光景は圧巻である。道端の見学者からは、いやあー良いね、若いのは良いわ、しかし、よく見るとあれは日本人だけどあれは外人だなとか、色が黒いからインド人だなとか、あれは婆様だべとか好き勝手な声が聞こえてくる。

その中でも顕子の姿は人目を引いた。あれは良いんで無いかい、何処の娘だべとか、もしかするとお寺の女坊さんだわと騒いでいる。

観光客や、見学者の為に、休憩所で写真撮影会が行われる、要望があれば記念撮影もある。その中でも、顕子は一番人気があった。

この真夏の中で汗を掻かないのは不思議だ。厚化粧と着物の着方で汗を止めると言う。

しかし顕子の下着はすっかりと濡れて足元に流れ落ちていた。

着物を脱いだ時、一斉に汗は噴出した。でも気持ちは良かった。

「私、花嫁の衣装着れたよ、なれたよ」と一瞬呟いた。

住職とのあうんの呼吸で動く事になっていった。葬式は予告も無しにやってくる。

ある日、部落の老婆がお寺にやって来た。

「坊様助けてくんちぇ、おらの姉様が死んだんだ。おらどうしたら良いか分かんねえから、坊様のとこさ来たんだ」

住職は、檀家の溝井家の、シ婆である事を知っていた。

「どうしたのおトシさん、あなたに姉がいたの、死んだって？　家族はどうしたの」

「おらの実家では、姉様は勘当されて家には入れてもらえなかったのよ、親も亡くなっているし、今の若いのは、そんな人なんて知らないって言うし、話しても家には関係ないと言うにきまっているわい。実家は台鞍の下根と言う部落でそこのお寺には頼めません。そこで此処の坊さんに何とか頼みたいと思い来ました。せめてお経の一つでも上げてあげたいんだ。頼めた義理でもないが一つお願い出来ねえかな。

姉は自業自得と言われても仕方が無いけど、今朝姉の住まいに行ったら死んでいたんだ。

三日ほど行かなかったから、その間に死んだんだべない。おらげの家に話した所で、それは実家だべと言って構わないでおけと言うんだよ。

おらは、自由になる金は無いし、棺桶にでも入れて成仏させてやりたいんだよ。おらのたった一人の姉だもの」

トシ婆は泣きながら、無理を承知で住職に嘆願しに来たのである。

住職と顕子は、相槌を打ちながらその話を聞いていた。

住職は、暫く頷いて、

「分かったおトシ婆さん、私が成仏させてあげましょう。ところで死亡診断書の役場への届けはまだかい、まだなら五十嵐先生に行ってもらって、そして警察にも検死を連絡しなければならない、顕子さん、婆さんと一緒に、五十嵐先生の所に行って、お願いしてくれないかな、先生に聞いてその後何処に連絡すればよいか聞いてきてくれないかな。ところでトシ婆さん、その姉は何処に住んでいるの」

「町営住宅の古い一軒家で、生活保護を受けながら長い間住んでいたんだわ、おらは心配で時々様子を見に行ってたんだけどな」

住職は、

「手続きはしてやるからね、そして葬儀屋に連絡して、棺を貰って納める段取りを此方でしてあげるよ、金は心配しないで、婆さんのたった一人の姉だもの、誰かがしてあげないとな」

顕子は、言われた通り婆さんを車に乗せ、まず五十嵐医師の処に向かった。

死亡診断書はすぐに書いてくれると言ったが、警察の検死が必要だと言われた。警察には五十嵐先生が連絡してくれた。

顕子は、有難いと思った。事故や犯罪の可能性は無いと思うが死亡の原因は、警察と先生の判断を待つしかない。

その旨顕子は、住職に連絡を入れ棺は用意したと聞いた。

「警察か、そうだろうな、そうすると遺体はそのままにして、警察が来てから考えよう。検死が長引いて、何処かに運ぶとなれば時間が掛かるな、とにかく警察が来るまで婆さんを頼むよ」

この初めて経験する状況に、顕子は恐ろしく心細くなった。二人で姉の処に行った。

姉は布団に寝ていた。顔には白い手拭いが掛けられてあった。顕子は、手を合わせ南無阿弥陀仏と三度唱えた。

間もなく警察がやって来た、そして、五十嵐先生も来たのであった。

警察は、

「先生死因は何ですか」

「分かりませんが、心不全とかしか判断出来ません」

警察は、布団をめくると、浴衣に着替えて手を胸に組んであった。

トシ婆さんは、

「そうなんだ、おらが来た時にはちゃんと浴衣に着替えて、手も組んであったよ。自分で最後だと分かってやったんだべな、食事はしてない様だよ、部屋は綺麗に片づけてあるし、やっぱり死を覚悟でいたんだべ」

「そうか、自分でやったか、そうか、人に恨まれる様なことは無かったかな、どうやら事件性は無い様だが、一応警察としては、少し調査をしてみないと、処で最近付き合っていた人はいなかったかな、頻繁に出入りしていた人とか」

トシ婆さんは、

「この婆はおらの姉さで、今まで一人でした。近所の人とはつきあいはほとんどなかった、昔の若い頃は色んな人と関係があったかも知れないが、ここ何年は独り暮らしでこの住宅に住んでいたよ」と話した。

「貯金通帳は有りますか」

「枕元に通帳とハンコが置いてありました。これです。生活保護をうけていたから、金なんて有りません」

と、トシ婆さんは差し出した。それには数万程度残っていた。

「死体解剖をすれば死因は分かりますが、薬を飲んだ形跡もないし事件性は無い様ですね」

もう一人の警察官と相槌を打ちながら、

「そうですね、医者様の言う通り心不全と言う事にしましょう。これで検死は終わります」と言い帰って行った。警察も五十嵐医師も帰り、婆さんと二人きりになった。

夕方近くになり、葬儀屋がやって来た。棺にドライアイスを詰め遺体を納めると、葬儀屋は、

「泉現寺の住職から、葬式はお寺でやるから、火葬してお寺で預かると言う事でした。火葬は明日の朝九時に無理矢理お願いしました」

と言い焼香台と線香を置いて、明日八時に来ますと言い帰って行った。

二人で花を飾り、線香を焚き何も話すことも無く静かに棺を眺めていた。静かで暗い夜はすぐにやって来た。

「トシ婆さん、今夜は二人で通夜をしましょう、その時私が枕経を唱えてあげます。そうしましょう」

「あらら、坊さんにお経をあげてもらえるなんて、姉さんも浮かばれるわい。有難う有難う」

そして、ひとまず顕子は帰って行った。

夜の七時頃、顕子は着替えて、婆さんの待つ町営住宅にまた来たのである。顕子は、覚えたての枕経を唱えた。本物の坊さんの様だ。

「女の坊様だど姉様、良かったな、楽になって行ってくんちぇ、有難うございました。おらあ、泉現寺の坊に頼んで良かった。肩の荷が下りたわ、気が楽になったわい」

何度も何度も顕子に頭を下げた。

「ところで、金はなんぼ程掛かるんたべ、貯金通帳にはあれだけだべ、おらも少しは出せるけど、大したことはねえ、実家では出さねべな、しかし連絡だけはしてやるべ、なんぼそんなの知らねえと言っても、一応は言わねばならねえべ」

顕子は、この姉さんの事を聞きたかった。

トシ婆さんは、思い出す様に話し始めた。

「若いころの姉は、きかねえ女でな、頭が良くて綺麗だったわい。おらは十七でこの部落の百姓の嫁に来た。姉は中学を卒業すると暫く居たが、百姓の娘は百姓の嫁になるのが当たり前の時代だったからな、でも姉はそれが嫌で、おら百姓にはならねえと、湯野上の温泉旅館に住み込みで働いていたんだけれども、そこで、ある男と良い仲になってそこを辞めてその男に追いて行ったんだわ、何年か過ぎてまた帰ってきて、今度は別な男と出来て、また追いて行ったんだわい、それもまた捨てられたんだべな、今度は那須塩原の温泉旅館で住み込みで働いて、それからどうなったのか分からないけど、ひょっこり帰ってきて地元の飲み屋で暫く働いていたんだ。

そこでその店を任され、稼いだ金は、みんな吸い取られたんだべな、それからそこを辞めて、ここで独り暮らしを始めたんだよ。なんでそうなったのかおらにも分からねえ、自業自得だべな、まあ良い時もあったんだべ。好きなこといっぱいして来たんだもの、悔いはなかんべ、可哀そうな姉様だわい。百姓の嫁になって居れば苦労はするけど、今のおらは、何不自由なく孫の守りで楽しいわ」と長々と話した。

顕子には想像出来ない世界を聞いた。私なんか何の苦労も無く育ってきた。言いたい事を言い、勝手気ままに過ごしているのが恥ずかしい思いがした。

朝は、白々しく明けた。雨がしらしらと降っている。顕子は寺からおにぎりとお茶を持って来て二人で済ませた。

八時丁度に葬儀屋が来て、棺を乗せ火葬場に向かった。野辺送りの人達は二人程見えた。

それで良かったと思った。

火葬場には住職が来ていた。白木に短い戒名が書かれた位牌が台に置かれていた。

「ご苦労さん」と言われた。

「トシ婆さん良かったね、これで安心したでしょう、良く弔ってあげますよ」

「いやはや、坊さんには、無理なお願いをして、なんてお礼を言ったら良いか分かりません。有難うございます」

住職のお経が済むと、地獄の扉が開き釜の中に入れられた。焼かれた白い骨は子供の様に小さくなって骨壺に押し込んでお寺に持って行き、今度は住職のお経が唱えられた。

こうしてトシ婆さんの姉の葬儀は終わった。

葬式が無事済みお茶を飲んでいる所に、トシ婆さんの実家の長男と言う人が来た。

驚いたトシ婆さんは、

「あれ、実家の俊雄でねえか、来てくれたのか、良く来てくれたこと」

「なんぼ俺は知らない人でも、家から出た人だもの、葬式ぐらいは顔ぐらいださねえと笑われるよ」

と言い線香を上げ香典を上げげて、骨の引き取りも無く話す事も申し訳ない様にお世話になりましたと頭を下げて帰って行った。

顕子は、婆さんを家まで送り、家には上がらずすぐに帰ってきた。

顕子は住職にトシ婆さんが感謝していた事を伝えた。

住職は、「世の中には色んな人がいますね、人の世の難しさ、楽しさ、自分で選んだ道、成り行きでそうなった人、勝手気ままに生きる人、悪い事ばかりする人、良い事をしているのに認められない寂しさ、殆どの人は普通に諦め満足と思って生きていくんですかね。私なんか、自分で何をしたいのか、何をしようとしているのか、幸せなのか良く分かりません、それは、誰にも分かりませんよ、好きとか嫌いとかはっきりした理由は無いでしょう、何となく好きとか嫌いとかそんなものですよ。私なんかなんで坊さんなのか、ただ後を継がなければならないと言う宿命と言うか定めでしょうかね。人間なんていい加減だよ、欲があって、嫌いがあって当然、知らない内に年を取って、ああ終わりだと来てしまう、それが人生と言うか人間だよ」

それを聞いた顕子は、突然泣き出した。

「トシ婆さんも同じことを言ったわ、そして今は楽しくて幸せだって、これが悟りって言うの」

「そうかも知れないな、そうならないといけない、今までは、うんと迷い苦しみもがいて、後で仏さまは、ご褒美をあげるよ、トシ婆さんはそうなったのかも知れないな、あの婦さんも、散々本能に導かれて人生を送ったかも知れない。

それでも、人を傷つけないで、借金も作らないで精いっぱい生きたのだろうね、産んでくれた親にも謝りたかったでしょう。でも、それを言えなかった自分を責めたかも知れませんね。

最期と自覚した時自分で身綺麗に整え、食事を絶ち、せめて線香ぐらいあげてよと、僅かな金を残したのだろうな、姉さんの実家で香典を持ってきたのも、やはり血の繋がりだよ。人間だもの」

顕子は、黙って住職の話を聞いていた。何も言えなかった。

「俺は仏に仕える身、これが私の定め」

この言葉に、顕子は全身を締め付けられる思いがした。

お骨は誰も引き取り手が無いためお寺で預かる事になった。葬儀費用は、貯金通帳と香典で足りない部分は住職が補填をしたのである。その後は、線香あげにトシ婆さんが、野菜をいっぱい持って時々やって来る。

顕子は、この不思議な出来事によりこの後の自分をはっきりする必要に迫られて行った。

このまま、お寺に居続けて、坊さんになるのか、時を見はらかって実家に帰るか、ただ何となく世話になって居続けるのか、決断する時が来た。住職にはっきりと確認する必要がある。それは顗子自身がはっきりする必要があった。暫く迷いは続いた。自分から言ってしまおうか、それは駄目だ。住職はどう考えているのだろうか。

自分で、こんな遠くに来たのも、簡単に帰れないと思ったからではないか。只の好奇心と一時の思い付きで来たのかい。住職が、「顗子さん、坊さんになりなよ」と笑って言ったことがある。この寺を継いでくれと言われたどうする。簡単にはいと言えるだろうか。そろそろ帰っては？　と言われそうな気がする。

心が落ち着かない顗子は夜、本堂で般若心経を何度も唱えていると、全身に刺さる様な音が激しく鳴り響いた。

銅板葺きの屋根に叩きつける様な雨足だ。季節外れの一時の豪雨だ。雨樋では吐ききれ無くて石畳の上にバシャバシャと落ちる音が聞こえた。そして一瞬の停電、蝋燭の揺れる明かりは恐ろしさを演出している。

大きな引き戸を開けると軒樋から滝の様に落ちている。分厚い段板を下りた時、軒先から滴る雨は、しぶきとなって頭子を襲ってくる。

滴る水に手を出して雨よ？　どうしたの、私を痛めつけるの、笑っているの、一瞬ああ、滝行をしてみたいと雨垂れを顔に受けた。顔が壊れるほどの、体に突き刺さる様な痛さは何故か心地よさ感じた。

それに気付いた住職は、「こらー頭子さん何してるんだ」

作務衣もびしょ濡れだった。この時期の雨は冷たく、頭子は震えていた。

「馬鹿だな、そんなに濡れて風邪でも引いたらどうすんの」

住職はバスタオルを風呂から持ってきて、頭子の体に被せて、力いっぱい抱き寄せた。

頭子は泣いていた。そして住職に抱きついた。助けて、助けてと頭子は住職にしがみ付いた。

ある日お寺の総代会が開かれた。その中で頭子の事が問題になった。

檀頭から、お寺の後取りの事が話に出たのである。住職の年齢も七十になる。

本山の方から坊さんをお願いするのが妥当ではないか、という話が出た。

住職も、その事に関しては考えていた様だ。

「私も後十年くらいは出来ると思うが、このままではいけないと思っています。もう少し様子を見て考えます。今日の処はその辺で終わりにしましょう」

檀頭が暫く考えていると、

「顕子さんに、継いでもらったらどうです。女の坊さんでは駄目ですか？」

住職は、戸惑いを見せながら、

「それはどうですかな、顕子さんは、私の子供では無いからそれは無理でしょう。でも坊さんにはなれるかも知れませんが、住職となると無理があると思います」

檀頭は、こう切り出した。

「住職、顕子さんと結婚するか、養子にすれば問題ないでしょう」

住職は、まんざらでもない様子だ。

他の檀家の人達も、それが良いんでないの、変な噂が立っているのも解消するんでないの、住職そうしなさいよと、半分からかう様な話が出てきた。

「そうだわ、それが良いよ、住職」と檀頭も相槌を打った。

その日の総代会は、これで終わったが、檀頭は、後日この件は話し合おうと言う事で解散したのである。顕子は、この話を薄々聞いていた。

# 決　断

檀頭がお寺にやって来たのは、寒さを感じさせる雨の降る夜であった。

顗子も呼ばれ、予想はしていたが、いよいよ来たかと心が揺れていた。

「顗子さん、幾つになりました」

「はいあと少しで四十になります」

「このお寺は好きですか、坊さんになりたくて来たのですか、もしその考えがあるならこのお寺を継いでもらっても良いのですが」

顗子は
「私もこの年になって、勝手にお寺さんに何時までも世話になっている訳にはいきません。一時は、坊さんになりたいと思ってました。私はお寺が好きなんです。好きだから坊さんになれるとは思いません。私の実家は和歌山です。母も父も居ます。私が坊さんになると言ったらきっと驚くでしょう」

「頭子さん、あなたは町や部落でも人気が有ります。私らの勝手な思いを申し上げます。

一つは、住職と結婚する事、一つは養子になる事、そうして頂ければこのお寺は安泰です。住職の下で修行すれば良いのです。もう、そうしているでしょう。でなければ、そう言う学校に行かなければなりません。本山で修行に行かなければなりません。

今すぐ返事を貰うのは無理でしょうが、考えてくれませんか」

「檀頭、この話は、この辺で止めましょう。頭子さん急な話で驚いたでしょう。頭子さんには頭子さんの人生があります」と住職は話を止めた。

頭子は、まんざら想像をしない訳でも無かった。

今更此処から出て、和歌山で家業の手伝いか、教師に専念するか道はあるとしても、それらが嫌で出てきたのでは無いか。どうする頭子、こんなに悩んだ事は無かった。

座禅を組んでも、心は解放されないいじれったさが襲ってくる。住職の言った人間だもの、と言う言葉が分かる様な気持ちであった。

この道をまっすぐ行くと曲がり角がある、その先は？　と気になる。その角を曲がると何かがある様な気がする。またその角を曲がると元の道に出てしまう。どうすれば迷いが解けるのだろう。

いっそ開き直って行こうとすると、何故か心が晴れた様な気分になる。そうだ、開き直って行けば良いんだ。顗子はそう考える様になっていった。

住職は、最初から自分の定めと勤めていたから、迷いは無かったのだろうか。トシ婆さんの姉は、どんな気持ちで生きてきたのだろうか、私以上に迷いながら生きてきたのに違いない。でもあんな最期はどうだろう？

住職と一緒になって、坊さんになるのも良いかな、そう考える様になった。自分の体に子供が出来た予感がしていたからだ。まだ誰にも言っていない。話す前に、一番の理解者である母にすべてを打ち明け、心の整理をしようと考えた。

顗子は、意を決して、こう話した。

「住職、檀頭さん、私は一度和歌山に帰って良く考えてきます。それまでこの返事は待っていてください」

顕子の精いっぱいの返事であった。

顕子は、帰る準備をしている。今年も境内のもみじが色付き始め様としている。

オートバイで帰るのは住職に止められた。おなかに子がいると感づいたのだろうか。

顕子も心配だった、途中で可笑しくなったらどうしようと考えた、住職の車は顕子の指示通り高速道路を走って行く。車で来て良かったと思った。

実家に着くまでに結論を出そうと心に決め、途中一泊しようと思ったが、無理して走り実家に着いたのは八時頃になっていた。

二年ぶりの帰郷である。私には帰れる家があるのね。

顕子が帰ってきた事に気付いた母は、表に出て、

「あら、顕子帰ってきたわ、どうしたの、追い出されたのかい」

やはり母は良い、家に帰ってきたと言う安らぎがあった。何かと煩く言う母では無いがすこし年を取った様に見えた。

「里帰りよ、母さんの顔が見たかったから」

「そうかい、お前もいい年なんだから、少し落ち着いたらどうなの？　風来坊みたいな恰好して？」

「そうね、そろそろちゃんと居場所を決めないとね」

顕子は、家に入ると、夕食はいらないと言い、まだあった自分の部屋で倒れる様に寝てしまった。

次の日の十時頃起きて母の作ってくれた朝食を済ませた。

顕子は、今までとは違う様子で、

「母さんと父さんに話があるの、聞いてよ、大事な話よ」

「ほう、大事な話？　まさか結婚するって話？」

「うー、まあその辺を含めてね」

顕子は、夜になるまで邪魔をしない様に作業場を覗いた。何となく気まずい思いがしていた。皆真剣に仕事をしている姿を見ていると、自分が情けなく、うしろめたさを感じた。

夕食時に、顕子は自分の決心を話そうとしていた。最初は母と近況を話し合い、その後父が来てテーブルの正面に座った。兄は二、三日出張でこの話には混ざらなかった。

父は、頭は半分白くなり、相変わらず五分刈り。以前よりも年を取ったなと感じながら、眉は太く白毛交じりで濃く延びている。

「顕子、お前も身を固める気になったか？　東北の人か、俺は反対しないぞ、今まで散々世話したけど全部お前が断ったんだよな」と父が言うと、

「あら、反対すると思ったわ」と意外に思った。母は、「私は東北の人なら反対だね、もう決めてしまったの？」

顕子は、帰る途中に、心に決めてきたのだった。

「私、お坊さんになる。そう決めたの」

まさかと思った父は、

「何？　坊さんに？　どうして、前にもお寺の嫁さんにと話があったけど、お前は断ったのに、坊さんと結婚するのか、いやまた驚いたな」

「顕子、今までお世話になったお寺かい、母さんは反対だ。あんな遠い所に行くなんて、簡単には帰れないでしょう。だめだめ」

母の心配するのは、顕子には痛いほど分かった。

「お前の身勝手さには、ほとほと呆れるわ、家業は続かない、学校の教師も続かない、お前が坊さんになるなんて、思ってもみなかったわ、仕事上お寺の付き合いはあるけど顕子が坊さんにねえ」

顕子は覚悟を決めてこう言った。

「私、住職と結婚するよ、養子と言われたけれど、私子供が出来たみたいなの、だからお願いそうさせて、私決めたの」

母は、「なんだって？　子供が出来たって？　勝手すぎるわ、だから結婚する訳？　あああ、子供まで出来たの、どうしようお父さん」

「出来ちまったのはしょうがないわ、相手の坊さんは年幾つなの」

「六十九よ、まだ元気だよ」

「何？　そんな年寄りと結婚するの、なんと、そんなの可笑しいよ、でも反対は出来ないな母さん」

顕子は、必死だった。反対されてもそのつもりで帰ってきたのだった。

母も、父も暫く言葉が出なかった。

顕子は、お寺の事、今までお世話になった住職の事、どうして坊さんになりたかったか全てを一気にしゃべりだした。

「どうして顕子はそうなってしまったの、どうしてお寺の坊さんと、親子程も離れている人と？」

両親の驚くのは当然であった。

父は、「母さん仕方が無いよ、顕子の言う通り許すしかないだろう」

母も、「顕子、それで良いの、後で帰ってくるなんて事は無いでしょうね、子供が出来て後取りが出来たとしても、成人まで住職は生きてはいないでしょう。それでも良いんだね」

「私、立派に育てるわ、住職の夢だもの、何が何でも男の子を産むわ、許してくれてありがとう。お母さんお父さん、散々迷惑を掛けたけど許して」

顕子は、顔を崩して話した。暫くは沈黙が続いた。

「そうと決まれば、相手方に挨拶に行かねばなりませんね、お父さん行く？　それとも私が行く？　でも遠いわね、でもあちらから来るのが筋じゃないの」

「それもそうだが、参ったなあこの忙しいのに、帰ったらそう言いな、否やはりあちらが来るべきだよ、可笑しいよ」

顕子は、「でも、お寺を空にするのは、問題があるから、此方から先に行こう、私の運転で行けば、楽でしょう」

「そう言う問題では無いぞ、あちらが来るべきだよ。俺は行かん」普段大人しい父が興奮したのは久しぶりに見た。

「八百キロもあるけど、新潟あたりの温泉で一泊して行こう。たまには親孝行のつもりをさせてよ」顕子は説得しようと必死だった。

「急な話だけどそうしてよ、仕事の方は、兄さんが帰ってくれれば心配ないでしょう」

顕子は、どうすれば良いか迷いながらお寺に電話を入れた。住職は、驚いた様子だった。

「何、両親に話したの、はっきりした返事を頂いたの、驚いたなあ、ああそう」

住職は暫く言葉に詰まった。顕子は子供が出来た事は言わなかった。帰ってから話そうと思ったからだ。

「両親は怒っただろう、なんでそんな所にと、ましてこんな年寄りの所にと、ああ俺は何と言う事をしでかしたんだ、御免顕子さん」

「住職これは私が決めた事、住職は悪くないわ」

「いやあ、俺の責任だよ、両親には謝りたい、そしてすぐにそちらに挨拶に伺わねばならない。明日にでもそちらに行くから、そう伝えて、今話しても良いがうまく言えない、とにかく明日は無理だから明後日行く」

顕子は、そのことを両親に伝え明日帰る事にした。お寺を閉められないと考えたからである。

次の朝顕子は、母に今日行くのを止められた。おなかの子供を心配したからだ。

それでも顕子は止める母の言うのを聞かず車で帰る事にしたのである。

今日中には帰ると言う執念がそうさせた。

住職もまた、早く行ってとにかく両親に謝り納得させる思いが先立っていた。

顕子が寺に戻ったのは、途中一泊しないでその日の夜十時頃着いた。そこで住職には、事のすべてを話し、住職を落ち着かせたのである。

住職は、次の朝妹の息子に郡山まで車で送ってもらい、東北線で向かったのである。
和歌山の実家に着いた時には夜になっていた。

# 僧侶になる

結婚式が始まった。昔とは違い形式や作法などは余り拘らないと言うが、須弥壇の前には本堂代理の和尚、その両側には、同宗派の和尚が二人、住職と綿帽子を被った顕子が二人並んで座り、その両脇に檀頭、副檀頭達、そして顕子の両親と兄、住職の妹がこの雰囲気の中で座っていた、そして読経が始まった。

その異様な儀式は四十分程度で終わった。大広間で宴会が行われる。これは一般の披露宴と同じだ。坊さんと言え同じおっさんであり、酒も魚も肉も喰らうし陽気である。

最初に檀頭の挨拶が有り、続いて本山代理の挨拶と続いた。

次第に檀家の部落の人達もお祝いに集まってきた。祝い事や祝儀は部落一同集まる事になっている。それを知っていた住職は、本堂脇の大広間に田島荘から運ばせた料理をテーブルに並べ大宴会になっていった。自分たちの賄いは自分達で行う、誰も文句を言う者もいない。

誰かがカラオケを持ち込んで来た。

司会の檀頭は、本山代理に、

「申し訳ありません、お寺がこんな事になって、これがこの部落の有様なんです。部落の人達は、せっかく来てくださった偉い坊さんの法話を聞きたいと申しておりますから、一つお願いします」とお願いすると、代理は大笑いをして、

「分かりました」と言い、皆の前でこう話し始めた。

「皆さん、私は本山からの代理で来ました中村でございます。お寺は極楽浄土でなければなりません。ご先祖様や亡くなられた仏を供養するのは当たり前ですが、もうこの世に居ない者を何時までも悔やんでいては居られないですよ。今生きている皆さんが主役なんです。その点、このお寺は非常に良い。

お寺は楽しい所でなければなりません、決して悲しい所ではありません。皆さん、観音菩薩様の顔を見てください。優しい顔をしているでしょう。

カラオケ結構、酒飲み結構、私もカラオケ酒飲みが大好きですよ、生臭坊主で結構ですよ。でもね、私は立場上そんな醜態は見せられないんです。でもね

今日は楽しいですね、此処の人々、住職そして嫁さん、大好きです。皆さん、お経は坊主に任せて下さい。覚える必要はありません。一つだけ南無阿弥陀仏だけ覚えれば十分です。これに全て入っておりますから」

代理もかなり酔っている様だ。

「ところで此処の住職、どうしてこんな美しい嫁さんを見つけたの、しかもかなり若いと聞いたが、そこをこれから聞きたいね、皆さんどうです聞きたいでしょう」

一同は、「そうだそうだ」と大拍手で住職を煽ったのである。

これには住職も観念した。何れは話しておきたいと思っていたからである。唯のエロ坊主と誤解されるのは嫌だと思ったからだ。でもそれでも良い、この機に白状しておけば気が晴れると思ったのだ。

「ある満月の夜に、眠れなくて表に出て下の池を眺めていると、月が池に映って睡蓮の花が綺麗に咲いていたんです。近づいて蓮の花の葉から池の底を良く見ると、一本の細い蜘蛛の糸みたいのが下がって見えたんです。その糸の一番上にしっかり抱きついて、一人の女性が葉に上がろうとしているのが見えました。

　その糸には、後から続く沢山の鬼達や人が数えきれないほど群がって、深くて底が見えないのに上がろうとしていました。女性のすぐ下には、鬼が足をつかんで引っ張ろうとしていましたから、私は女を手で引き上げました。糸は重さで切れてしまい、また深い底に落ちて行きました。

　私は、女性の美しさに驚き、家に連れて行ったのです。これはなんと夢だったのです。

　これは、芥川龍之介の蜘蛛の糸と言う物語ですが、全く同じ夢を見ました。

　それから何日か過ぎた頃、突然顕子さんがこのお寺にやって来ました。私が夢に見た顔にそっくりとは驚きました。長い間、床に臥せっていた妻が置いて行ったのかも知れないと疑いました。これは宿命、きっとそうだと思い込み、夢が覚めないうちに顕子さんを抱きしめました。

　これは私の罪ですか、ただのエロ坊主ですか。私はなんと言われても構いません。

　それに、私は大変な罪を犯しました。今顕子さんのお腹には子供が宿ったのです。

これでこのお寺は安泰です。顕子さんは坊さんになると言ってくれました。私はもういつ死んでも良い、今はその感謝でいっぱいです。どうか檀家の皆さん顕子さんをよろしく、見守って下さい」と熱弁した。

住職は、酔ったせいもあるが、顔を赤くして泣いている様に見えた。

一緒に聞いていた顕子の両親、住職の妹、トシ婆さん、親戚一同、檀家の人達は大拍手でその話を聞いた。カラオケも止むことも無く続いた。

身内だけで質素にやろうとした式も、お寺がこんなに盛り上がるとは思わなかったのである。

招待客や両親を田島荘に送り、翌日朝田島荘に行き挨拶をしながら、招待客を見送った。両親も和歌山に帰って行った。

やっと二人きりになった顕子は、すっかり疲れ切っていた。余り騒々しいのは好きでない顕子は、「やっと終わったね、こんなに大変な事とは思わなかったわ、みんな良い人ばかり、私これから和尚さんと呼ぶね」

両手をついて有難うよろしくお願いします。と言い和尚の膝に頭を乗せた。

そして、寝言の様に、

「私ね和尚さんの奥さんから、息を引き取る前に、和尚を頼むと言われたの、信じられなかったわ、意味が分からなかった。この事だったのかしら」

「そうかいそう言ったのかい、この俺にも言ったよ、あの娘だったら若いから子供も出来るよ、とこの耳元で聞いたんだ」

「私らは、この年になっても運命の糸は繋がっていたんだね」

「私、絶対男の子を産むわ、絶対に、そしてこのお寺を継がせるわ」

「俺は、そこまで生きて居られるかな」

「生きないでどうするの、百まで生きて」

「よし分かった、そうする。俺だって顕子と居れば元気で居られる」

こうして、顕子の坊さんになる修行は毎日続いた。サラリーマンの家庭とは程遠い世界だった。

今まで、本格的に教わった事が無かったが、少しは理解出来てきた。

難しいのは、卒塔婆の書き方と位牌の戒名だ、この特殊な文字と意味はなかなか理解出来なかった。読経は経本が有るので何度も復習すれば読める様になる。

檀家の過去帳に目を通し、今年は、何々家の法事がある事など予定表に書くこと、またその確認と今までにない忙しさがあった。

和尚の法話は、評判が良かった。顕子はいつも聞き惚れていた。その知識は、誰にも分かりやすく話し感心させた。

これも坊さんになる要素だ。

顕子のお腹は大きくなってきた。

「和尚さん、男だと思う？」

「そりゃー男だよ」

「檀家の人達も男だよって言うの、嬉しいけど女の子かも知れない、心配になってきたわ、女の子だったら許してよ」

「その時はその時で、優秀な坊さんを婿にもらえば良いでは無いか」

顕子は、まだ見えないこの先の女の試練は想像でしかなかった。

「えーい、どちらでも良いわ、早く出ておいで」と叫び、お腹をぽんと叩き、男と叫んだ。

田島の産科医院に入院した、高齢出産の影響だろうか顕子は苦しんだ挙句、帝王切開で念願の男の子を産んだ。

住職の喜びは頂点に達していた。冷静を保っているつもりなのだが、唇をピクピクしながら叫んだ。

「顕子でかした有難う」涙声で「良く生んでくれたなあ」

有難うと何度も何度も顕子の手を握って、良かった良かったと吐き出す様に言った。

住職は、和歌山の実家に報告した。そして田島荘の妹、檀頭に報告したのである。

名前は定《じょう》と名付けた。これが後に田島のジョーと呼ばれた男だ。

体調が良くなるまで、二週間ほど入院し、お寺に帰ってきた。

田島荘の妹、トシ婆さんは競う様にきて面倒を見てくれた。お祝いの客は毎日の様にやって来た。

「和尚様良かったなあ、後取りが出来て、奥様でかしたわ」

皆言う事は同じであった。

産後の肥立ちが長かった顕子は、毎日の様にやってくるトシ婆さんに、炊事洗濯掃除と大変お世話になった。

「おらあ、若奥様にはおらの姉様の事で大変お世話になった。こんなのそれに比べたら大した事はねえよ、なんでも言ってくんちぇ、おらあどこも悪いとこ無いんだ、あはは！」と笑った。

顕子は、和尚にトシ婆さんにすこし小遣いをやってと言ったが、和尚は、今日やろうとしたが受け取らないんだよと言った。

助けて助けられる。そんな絆が此処にはまだあるんだね。顕子はしみじみと呟いた。

子育て家事仕事と覚悟はしていたつもりであったが、それは想像を超えるものであった。

子供は、住職の後取りと言うレールが敷かれている。果たしてそうなるだろうか。

顕子は自由奔放に育った。束縛されるのを嫌い勝手気ままに生きてきた自分を振り返り今の自分はどうだろう、子供をそうさせようとしている。

互いに高齢出産と言う因果を気にしながら、子供の可愛さに癒され、住職の優しさに包まれながら月日は流れて行った。

住職の下で二年も修行した頃、通信教育も終了し最低の和尚と言う資格は得た事は確かである。

しかしそれだけでは本物の和尚とは言えないと思った。何かが足りないと感じた顕子は、本山か別なお寺で修行したいと住職に申し出た。

得度をしていない者、法名も無い、本物の和尚になれないと思ったからである。住職は暫く黙って、

「確かにそうだ、俺もそれを勧めるが定はどうするの？」

「でもな、修行は本当に一年かかるぞ、本山に事情を話して三ヶ月でお願いしてみよう」

「三ヶ月間、和歌山の実家に定を預けたいと思っているわ。一度も帰っていないし、母もそれなら此方に預けなさいと言うから、そうしようと思ったの。トシ婆さんと妹さんに面倒見てもらうのは申し訳ないからそうしようと思ってい

るわ。そうさせて、自分を見直し本物の和尚になりたいの、定の為にも」

こうして住職の了解を得た顕子は、まだ言葉で感情を出せない定を抱きしめ「御免ね悪い母だね」と言い、大粒の涙を流し、これから先の自分と定の運命を想像していた。

住職は、「本山の勧めるお寺での修行は認められたよ」

「なあーに、三ヶ月だ、俺一人で大丈夫だ、心配ねえ」

桜の蕾が硬い頃の朝、顕子は和歌山の実家に郡山から東北本線に乗り向かった。

実家に着いた時、顕子は何故か感情が高ぶり涙があふれた。母は両手を広げて、

「お前が定か、顕子の子か？　よく来たよく来たねえ」と顕子から取り上げた。

そして一日泊まり、母に預けて修行するお寺に向かったのである。

修行は顕子の想像以上であった。

広大な敷地や山林、馬鹿でかい山門をくぐった。

最初に行うのは得度（剃髪）であった。顕子の姿は自分で見て、まるで茶坊

主の様に見えた。

朝三時半に起床し、掃除、洗濯、食事の支度、朝の講堂に集められ読経、座禅そして読経、講義と、就寝前の読経、とにかく時間が決められた通りである。実に長い一日である。

質素な食事、外部との接触、私語は禁じられ、そして禁欲、外出は認められない。

修行者は全国から来ていた。ここで三年間修行する者、一年間修行する者、顕子の様に短期間で後継ぎが決まっている者と自ら修行する者様々であった。全部で何人いるかは、分からない。顕子と同時に入門した者は十五人程であった。女性は顕子と二人であった。

決められた時間に行動を強いられ無言の時間が、こんなにつらく寂しいとは、初めての経験であった。

安易な気持ちで和尚になると言った自分が、恨めしく思った。

しかし、建て前はそうであるが、昔の様な厳しさは次第に薄らいで、休みは許されていた。

厳しい修行を覚悟してきた顗子にとっては、日が経つにつれ意外と楽であった。

一日の時間が長いのに翻弄され気が狂わされる人間もいるだろう。辞める者もいるのも事実である。

一年以上も耐えられる人間は何人いるだろう。何も好き好んでこの修行をしなくても自分はお寺の坊さんにはなれる。高僧になるための修行や荒行は、特殊な人間たちである。

読経の響きは、暗闇の空間から圧し潰される様に体に響く。広大な本山では全てを吸い込んでいく。人間は蟻の様に小さく無力に感じた。

同室の女は、菊川富子と言った。山形の生まれで、全く坊さんとは関係のない自己修行のために来たと言う。年は顗子より三つ若い、静かで何処か憂いを持った女の様に感じた。

一連の講義を終われば、何処にも出かけられないから顗子は絵を描いたり、ただ寝るしかない。

彼女は、いつも本を読んでいる。若い時から文学少女だったのだろうか。

顕子は、話しかけてこない菊川に、

「文学が好きなんですね」と尋ねた。

「はあ、それほどでも無いですが、昔読んだ小説を時間があったらもう一度読もうと思って何冊か持ってきたのです。何か読んでみますか？」

顕子は、

「私は、文学は苦手です、私も学生の頃は読んでましたが、今は読んでおりません。私は、絵画の方の大学をでて日本画を専攻していましたが、本物の絵描きにはなれませんでした。たまに趣味で描いている程度です」

「そうですか、でもなぜ坊さんになろうと思ったのですか？」

「私ね、ある事で悩んで、東北の方に放浪したんです。実家が和歌山でお寺関係の仕事をしていまして、私は掛け軸や絵の修理復元をしていたのですが、それが行き詰まり、好きでもない人と、結婚させられそうになり、逃げ出したのです。

　一時高校の教師をしていた時もありました。楽しかったのですが、そこでしつこい男に追いかけられ、教師は辞めました。それで、何の当ても無く東北の方にと家を出たのです。

そして、たまたま着いたところがあのお寺だったのです。そこの一人者の住職に世話になり、住み着いてしまったのです。そのお寺は後取りが無く、廃寺にするか本山から迎えるかと言う時に、私がお世話になってしまったのです」

住職との関係、そして此処に来た理由を隠さず話した。

「菊川さんはどうして此処に？」

話したくない様子であった。何日か過ぎて菊川は話し始めた。

「酒田の実家は、土木会社であり、従業員十四、五人程度の会社です。父は元やくざ者で町では知らない人は居ないくらいの人物でした。今では長男が会社を継いでおり少しずつ信用を得て市の仕事も受注出来る様になっています。

私は、高校を出て、市役所の採用試験を受けました。しかし、不採用でした。私の成績であれば、採用は間違いないと担任の先生も確信していたのですが。

父も不思議と思い、父の事だから直接市長を訪ね試験結果を見せてくれる様に迫ったそうです。市長にしてみれば父には選挙では大変世話になっているし、無下には断れず、調べる事を約束して父は帰ってきました。

後に、私の成績は二番目の成績であったが、担当者の判断で、父が元やくざ者だと言う事が不採用の理由と聞きました。

市長は、善良な市民で成績優秀な者を落とすとは何事かと激怒して、採用する事となったのです。

「やくざの娘が役所に入ったと噂され、気まずい思いで勤めていました。

私は優秀な職員と煽てられ、次第にそれらを認められていくことになり、住民課から教育委員会に廻され、同僚には煙たがれ、孤立していたのです。

上司には可愛がられ、それなりの仕事は任され、主に、小学校、中学校廻りで、広報誌の配布と、問題がある学校の校長や教頭の聞き取り調査等をやっていました。

まだ若い私は、年配の校長達には半分冷やかされたり、からかわれたりされながらも、毅然とした態度で応対していました。

父が元やくざ者と知っていたのでしょうね。あの娘だものと言う憶測で話しているのは分かっていました。

嫁にもならず、あれでは貰い手が無いと噂にもなっていました。お父さんは元気かいと言う言葉は、それらを感じさせられたわ、私は、そんな事は気にせずに働いたわ。

『校長！　いじめは隠さないで下さい、出したくないのは分かりますが事が大きくならないうちに解決しなければなりません。

私が来て調査しますか？

新聞に出ない内に解決しましょう。市もそれを願っています』と言い、半分脅しの様な素振りが出てしまうのは、やはり父の血が入っているからなのだろうかと自分を責めました。

委員会の菊川と言う女、女のくせにあれは生意気だとか、融通が利かないとか、男嫌いだそうだと、そんな噂が立っていました。

でも、私はめげなかった、しかし寂しかった。仕事では毅然としていても、一人になると無性に寂しかったわ、私だって女よ、恋もしたい、でも結婚はしない」

と笑いながら言った。

「その考えは、やはり母の影響だろう。とんでもない父に支配され自由を束縛されてきた姿を見てきたからなのか。

やくざの子供だものと言う真実は隠しようもない。義理や人情を大切にしてきた父は、異常なほどに人にやさしく尽くし、反面理屈に合わない事や理不尽な義理を欠いた事は許さなかったわ。私は可愛がられ、殴られたことも無い、自由に育ててくれた。

富子が男なら、俺の後継ぎにしたかったなと、父は言った事が有ります。兄が、父には似合わず大人しく、少し頼りない所がありましたが、今では結婚して何とかやっております。ああ、言ってしまったわ、こんな事他人に言うなんて可笑しいでしょう」

「いや、富子さん、家庭の事情なんて、何処も同じですよ。私なんかどんなに親に迷惑を掛けたか分かりません。立派です菊川さんは」

「顕子さん、私が何故此処に来たか知りたい？」

「ううん、聞きたいけど無理に話さなくても良いですよ、何か辛い思いがあるなら」

富子に、暫く俯いて、

「聞いてくれる？　私、分かってもらえる人が無くて誰にも話せなくていました。座禅を組んでも邪念が入り気が晴れません。でも顕子さんなら話すわ、和尚さんだもの」

「菊川さん、私だって未だに座禅を組んでも、雑念が晴れません。それで住職に聞いたら、それは人間だもの当たり前だと言われました。開き直りなさいと言われました。そしたらすっきりしたんです。だから、菊川さんも開き直ってみたら、気が晴れるかも知れません」

「そうね、そうします。さすが和尚さんだわ」

「坊主は、知ったかぶりしていい加減な事を言うんですよ」と笑って言った。

「菊川さん、此処ですべてを吐き出してすっきりした心で、再出発しましょう。私もそんな気持ちで此処に来たのです。今晩は遅いから明日か次の日に話せたら聞かしてよ」

と言い、二人は床に就いた。

次の朝、十人グループで網代笠を被り托鉢に出かけた。山を下りて町中を念仏を唱えながら歩く修行である。今は、鉢を持って乞食の様な事はしない。食事などは無く、頭陀袋にお菓子や飲み物を入れてくれる人がいる。休憩は公園などの人のいない場所で休む。貰った菓子や飲み物を分けて頂く。修行の身とは言え、生身の人間である。冗談を言ったり、文句を言う者もいる。今時こんな事は時代遅れとか、何の役にたつのかとか、文句を言う者様々であった。

「頭尼さんは女だから、どの辺に汗をかくの、身体中びじょびじょだね」

なんて嫌らしく言う奴もいる。

歩き詰めで本山に着くのは午後四時頃になる。普段こんなに歩くことは無い。これも修行と言われるが、かなり疲れる。

毎日続く読経と座禅そして講義、短い期間とは言え、普通の人間では嫌になるだろう。坊さんになる人間には、宿命とは言え迷うことが有る。

週に一度の休みは、自由時間である。下山して町に出かけ遊んでくる者、一日中寝ている者、様々な人達が存在していた。

頭子は、絵を描きたいと思い町まで道具を買いに出かけた。菊川も一緒に出掛けた。

喫茶店やレストランなどは何年も行っていない。菊川も楽しそうだった。

顕子は、この前の続きの話を聞こうとはしなかった。何れ話すだろうと思ったからだ。

「顕子さん、此処に来た本当の訳を知りたい？」

「無理に話さなくて良いよ、嫌な思いになるなら」

「私、誰にも話す人が無くて、自業自得だから吐き出す事も出来なくて、顕子さんにだけは話すわ」

「そう、私で良かったら聞いてあげる、全部吐き出してすっきりしてから此処を出ましょう」

少し考える様な素振りを見せて話し始めた。

菊川は、市役所に勤めて十年も経った頃、禁断の恋に落ちた。県への出張は度々あり、担当課長は優秀で後には部長候補と噂された人物であった。

県下で起きているもろもろの事や、虐めや不登校についての問題を担当していた。

何処の学校でも多少の問題がある事は分かっていたが、時代の背景や情報の多様化により、見逃せない状況になっていた。また、県や学校としても表沙汰にしたくないと言う心理があったのだ。

各学校の校長達は、自分の任期中には表沙汰にしたくないと言う無責任な行動をとっていたのである。

此処にメスを入れようとしたのが課長であった。

先生方は一般のサラリーマンになってしまったと嘆いていた。

「私が学校に調査に行くとね、校長か教頭がお茶を出してくれるのよ。女の先生たちは知らんぷりよ。私は用務員では無いのよと言う顔をしているの。

それは時代の流れとして理解出来るが、意思の疎通とか、問題の共通意識なんて、無いのかなと思ったわ」

校長や教頭が哀れに見えて悲しさを覚えていた。教職員に気を使い何も指示できない。でもそうしてきたのは、国や県であり学校であった。

それらを解決しようと課長は悪戦苦闘していた。

「役所だから、それで収まっているけど、民間ならとっくに倒産していますよと言うのが課長の持論だったわ、私は、そんな課長に好意を持ちました。

でも、中には勇敢な校長が居て、虐めや不登校に真剣に取り組んでいた人も居たわ。

課長も、内部や各学校に嫌われていたのです。

ある日、県に行った時の帰りに食事に誘われました。最初は食事を共にした程度でしたが、次第に濃密な関係になっていったのです。

私はアパートに一人暮らしでしたから、彼が来る様になりました。

彼は、奥様と子供二人で県庁の近くに家がありそこから通っていました。

彼との出会いが、私の人生を狂わせてしまったのです。

ある日関係がばれて、奥様が私のアパートに押しかけてきました。こうなれば後は分かるでしょ、私は役所を辞めました。彼も私の関係が知れて他の部署に左遷される羽目になりました。

父は、笑いながら、怒りもしなかったが、母には叱られました。初めて本気に叱られたのは初めてよ、ああ、悪い事をしたんだと暫く落ち込んでいたわ、そしたら父が、お前は会社に入って手伝えと言うの、俺が出来の良い婿さんを見つけてやると言ったわ。そうしようかと思ったけど、小さな町では働けないと思い、役所を辞め何処か遠くに行きたかったの、そして旅に出たの、何の当ても無く秋田に行ったわ、駅の近くのビジネスホテルに泊まる事にして、ラウンジ&レストランで食事している時、ウエートレス募集の広告を見て、思わず、募集しているのですかと聞いたら、はい、している様ですと言い、責任者が来て、はい募集していますと言うから、私で良かったら使ってくれませんかと言ってしまったわ。それでそこに決まりました。二、三日後に、履歴書を持って行って、アパートを借り正式に採用されました。

こうして、私はそこで働くことになったのです。

ここで一年も過ぎた頃、ここの支配人から執拗に関係を迫られ、一度だけ体を許したの。それが元でしつこく迫られたが拒否し続けていたわ。

それがどこで奥様に知れたのかは分からないが、奥様に呼ばれて私の旦那を取らないでと罵られたわ。私は、魔性の女なの？

そんなことが有って、何とも気まずい思いで働いていたのよ。

それからしばらく経って、ラウンジで突然朝食の時間に県で働いてた彼が私を見つけて、菊川さん？　と声かけられ驚いたわ。彼は出張で秋田に来たと言う。

後で分かったけれど、彼は私の実家で秋田に居ると聞いたらしいわ。

私は、あの時の事を思い出し、忘れかけた悪夢をぶり返した思いが襲ったわ。

彼は、私に謝り、田舎に帰らないのと聞くから帰らないと言った。何故このホテルで働いているのがわかり追いかけてきたのかしらと思ったの。

彼は、『話がしたい』と言い、私を部屋に誘い、店を閉めて一時頃彼の部屋に行きました。

彼は、何度も悪かった悪かったと言うが、前の彼とは全く違った様子に見えた。

今は、総務課の庶務係でただの職員だそうだ。あれだけ期待されていた人とは思えなかった。

奥様とは別れたと言う。何と言う転落だろうか、一度の過ちは彼の人生を大きく変えてしまったのね。

そして、驚くことに、彼は私に結婚しようと言うの、私は、なんて言う事を言うの、そんな事出来るわけはないでしょうとはっきりと断ったわ。

それで、彼とは別れて、落ち着いたと思ったら暫くして、また電話でしつこく迫られたわ、泣いているのよ馬鹿みたいに、あんな男に身を投げ出した自分が情けなくて自分を責めたわ。

私は、店に迷惑を掛けると思い、彼が押しかけてくる前に辞表を出し、そして此処を去ったの。

彼は来たらしいが、私を追いかける事をしなかった。私は悪い女なのかしら、魔性の女かも知れない」これが全部ですと菊川は話した。

顕子はかつての自分と見比べていた。

菊川が、何故そんなに男に付きまとわれるのだろうか。菊川の罪は普通の女性には持っていない不思議な魅力があったのだろう。行動や言葉が人を引き付ける何かがあったのだ。同性からは嫌われ、男には、たまらない魅力を発していたのだ。

「苦労したのね、それからどうしたの？」

「一旦実家に帰り、少しの間会社の手伝いをして、世間の目を感じながら、惰性で暮らしていた頃、ある雑誌に、お寺で真理を見つけよう、と言う見出しが目に入り、行ってみようと思って応募しました。此処で、顕子さんと出会えた。私、坊さんになるつもりで此処に来た訳でもないし、なるつもりは有りません。

短期間の修行でも何かを見つけたい、そして、今のままでは駄目になってしまう自分になりたくない、また元の木阿弥になってしまう。顕子さんから、開き直って、と言われた事が、心の棘が取れた様な気がして、此処に来て良かったと思っています。有難う顕子さん」

経本の講義は、顕子には楽しみな講義であった。ただ何となく読経していたが、さして意味など分からず声に出していただけの様だった。般若心経でさえただ何となく唱えていたと反省していた。

仏の教えに、宇宙の概念がある。何千年前にその概念があったとは驚きであった。そんな事を知らず今まで居たのか。

独りの人間の存在なんて、広い宇宙から見れば、目に見えない塵みたいなものだ。形さえないと言う。

そんな狭い中で、悩んだり苦しんだり、大声で叫んだところで、誰も気が付かない、人を恨んだり傷つけたりするのは醜いものなのだ。

「菊川さん、楽しく生きよう。気にするのは止めよう」

顕子は、菊川と同じ様な生き方をしてきた様に感じた。

「菊川さん、私と同じだわ、私も、くだらない男から逃げ出したくて遠くに、今は幸せと聞かれれば、幸せと言えるわ」

顕子は、彼女を強く抱きしめた。

顕子は、暇を見つけては絵を描いた。絵になる所が豊富にあった。山門廻り、本堂講堂、竹林、塀等日本画ならではの写体であった。

その絵は、講堂の壁に掛ける許可をもらい、好評を得たのである。

菊川富子は、顕子とは違う修行であったから、日誌と自分史を必死に書いていた。

三ヶ月は、間近になってきた。顕子は、一度だけ実家の定に逢いに出かけた。

定は顕子を忘れてはいなかった様だ。

「菊川さん、もう少しね、帰るのでしょう、それとも延長して居るつもり？」

「うーん、もっと居たい考えはあるけど、お金が無いから、帰るわ」

「実家に、何か当てがあるの？」

「今の処は無いけど探して、今度は落ち着かないとね、そうするわ、何処か勤めを探してしっかりと地に足を付けないとね」

「そうだよね、菊川さんなら出来るよ」

「でも、実家には帰りたくない、私は田舎者だから都会は無理ね、かえって田舎の方の小都会かな、遠いところで住みたい、その方が心が静まる」

菊川富子は、まだ迷いから抜け出せないでいるのだろうか、気丈なはずの菊川はまだ迷っている。堕落した人生を送るのではないだろうか。

顕子は気になっていた。

「顕子さんは、立派な仕事があるんだもの、旦那様も居て羨ましいわ」

「そう見えるけど、これからは大変なのよ、子供を後取りに育てないとと言う責任があるわ」

ため息を吐く様に顕子は言った。

修行終了の証書を受け取った。顕子は正式に顕尼と言う名を頂いた。

帰る前の夜、

「菊川さん、明日はお別れね、お世話になったわ、一緒に出よう、私は和歌山の実家に寄って、子供を連れて帰るから、お互い連絡しようね」

　そう言うと菊川は、

「顕子さん、私顕子さんの実家に寄っても良いかな、帰りは一緒に帰りたい、山形の途中まで一緒でしょ。迷惑？」

　菊川は、まだ迷っている様に見えた。心配になった顕子は彼女をこのまま帰すわけにはいかないと一瞬思った。余計な心配と思われるが、何故か助けてやりたいと思った。

　まっすぐに酒田に帰るとは思えなかったからだ。

「菊川さん、私の実家に暫く居たら、気が引けるならそこで働けば良いじゃない、私が兄にお願いしてみるから、どうかしら？　菊川さんには合わない仕事かも知れないけど、気持ちを変えて開き直ってやれば、何か見つかるかも知れない。働いている人の中には、辛い過去を背負って働いている人もいます。今は楽しくやっているみたいだよ」

　菊川に、少し涙顔を見せて、

「有難う顕子さん、そんなこと出来る？　得体の知れない女よ」

「人は皆他人よ、私が保証人だもの私の家では誰も駄目だとは言わないよ、私の代わりとして、そうしなさいよ、私はすぐに帰らなければならないから、好きなだけ居たら良い、決まりだね、そして落ち着いたら私のお寺に遊びに来てよ」

顕子の言う通り、菊川は顕子の実家で働くことを希望した。顕子は一晩泊まって、母に買ってもらった乳母車に定を乗せ列車に乗り遠い田島に帰って行った。

そんな訳で、菊川は、歓迎されて京極工芸で働く事になったのである。

その後菊川は、兄の下で、営業と、書類作成、調査資料のまとめなど卒なくこなして行った。

期待以上に働いていると兄から聞いた。やはり菊川は出来る女であった。

一方、顕子は子育てと仕事に追われ、あわただしい生活に追われていった。

顕子はまた髪の毛を伸ばした。一度剃髪をしたのだが、髪を剃るのは大変だったからだ。

正式に和尚になり、顕尼の法名は、檀家に報告し受け入れられたのである。定は三歳になっていた。近所が離れているせいもあり遊び相手がいない、我が子を哀れと思っていたが、本堂は広いからそこら中走り回って悪さをしていた。葬式や法事の最中でもお構いなしだ。ジョーこらジョーと後を追っかけ回す顕子の姿は滑稽に見えた。

また、木魚やお鈴を鳴らすのも面白いらしい。誰もいない時は好きな様に叩いていた。

住職は、定を溺愛している、こいつは後取りが判っているようだな、こう鳴らすのだよと教えている。葬式や法事が重なっている時は、田島荘の妹に預かってもらう。孫達と一緒に遊ばせてくれるからであった。

突然菊川から電話が来た。

「顕子さん元気？　有難う、私元気で働かせて頂いております。ジョー君は元気ですか」

「元気ですよ、やんちゃで困っています」

「休暇を頂いたから顕子さんの処へ行ってみたいな、今ね、父が具合が悪いと言うから実家に来ているの、帰りに寄っていい？」

「あらー、来てよ、待っているわ、お父さん大丈夫？」

「大丈夫よ、簡単にくたばる人ではないわ」と明るい声で言った。

菊川が来たのは二日後であった。父は、肝臓が悪くて一時入院していたらしく、医師からの酒と煙草をやめると言う条件で退院したと言う。

「今は、母と兄に監視されているから、大人しくしているみたいだね。でも以前の様な元気は無いわ、私の顔を見るや、おいまだ良い男は出来ないのかって言うんだよ、だから私のまわりには駄目男ばっかりで残念ながらいないよ。と言ってやったよ」

顕子も住職も笑いながら聞いていた。

ジョーは、住職の膝に乗っかり、じーっと菊川を見つめていた。

「あらージョーちゃん、目がまん丸でめんこいね、いくつ？」

指を三本出して三つであることを示した。突然、この人誰？　と聞いてきた。

「私ね、お母さんのお友達よ、和歌山で一度会ったけど覚えていないよね、小さかったから」

　うーんと言い、分かったと大人ぶった言いかただった。

「僕ね、お寺継ぐんだよ、坊さんになるんだ、お経も木魚も鐘も出来るんだよ、お父さんに教わっているんだ」とすらすらと言った。

「そう、ジョー君はしっかりしているね、利口だね」

「住職さん顕子さん安心だわね、私もこんな子供が欲しいわ」

「菊川さんまだまだ若いし結婚出来るわよ、私だってこの子は四十の子よ、誰か好きな人いないの、和歌山では無理かな、でも諦めないで、きっと良い人があらわれるから」

「でも私は駄目、男嫌いで傷ものだから、今はその気が無いわ、でも和歌山の人達は皆良い人ばかり、お兄さんの紹介である人に逢ったけど、どうも気が乗らなくて断ったのよ、今は仕事が楽しいの、私には合っているみたい。本当に顕子さんに紹介してもらって助かったわ、お兄さんには大変お世話になっております」

　彼女は、生き生きとしていた。持ち前の機転が利く対応と頭の良さが十分に発揮されている。兄もそう言っていた。

「私は兄を尊敬しています。兄を助けてやってください。また、兄の紹介する人だったら間違いないと思います。兄は菊川さんの事情は良く知っていますから、じっくり考えて身を固めるのも、良いではないですか」

「そうね、良く考えてみます。その時は顕子さんに報告します」

その日彼女は、田島荘に一泊して、和歌山に帰って行った。

「ねえ住職、菊川さんは文学少女だったの、小説に出てくる様な恋をしたかったのかも知れないね、でもそんな男はみんな駄目男なのね、そんな彼女は傷つきやすく、自分を身失う様な行動を起こしてしまう。かわいそうな人なの、兄の処に預けたのは正解だった。彼女はきっと立ち直れる。そう思っている」

顕子は、和歌山から福島の田島、菊川富子は山形から和歌山へ、どちらも逃避行な行動が似ている。何処か似ている。住職は頷いていた。

ある日、修行した本寺から顕子に手紙が来た。

顕子が残してきた絵が貫主の目に留まり、大変気に入り、修行した安邊顕尼がこの本寺で描いたと聞き、これを額に入れ飾る様に指示したと言う。

県の絵画展で金賞を取った。これを無断で使用したことでお詫びしたいとのことであった。

本寺の紹介ポスター及び冊子にしたと言う。これが来山する観光客に売れていると言うのである。

お礼として、著作権料を支払いたい事と、預かっている賞状を差し上げたいゆえ、御来山してほしいと貫主名で達筆な毛筆で書いてあった。貫主の書は一枚書いただけで相当の値打ちがある事は知っていた。

手紙を受け取った顕子は、行けるはずが無かった。その旨手紙を書こうとしたが、和歌山の菊川富子に頼もうと思いついた。

菊川は、懐かしさもあり、快く引き受けてくれたのである。

顕子は、その絵は修行中に描いたものであり、お世話になったお礼に、本山に寄付する旨と、著作権料など画家では無いので気遣い無用との旨を菊川に伝えた。

菊川は、本山に行き、賞状と、三枚の印刷されたポスターと冊子を頂き、著作権料は断ったが、どうしても断り切れず、小切手で受け取ってきたという。

その翌々日書留郵便で受け取った。小切手は、顕子には驚くほどの金額であった。

貧乏なお寺にとっては、有難いお布施である。

顕子は、貫主宛にお礼の手紙と、以前に書いた古木の紅葉が入った泉現寺の絵を送った。

後日、貫主の四尺画仙の書が届いた。

「煩悩菩薩」と読めた。

住職は、これは大変名誉な事だ。あの貫主が書いた書は国宝級だと感激していた。

早速、立派な額に納め本堂の欄間に掛けられた。

この話は、たちまち広がり、顕子の噂を聞いた他のお寺の人達や、見学者がやってくる様になった。

絵で稼げるとは全く思っていなかった。これまでそんな気持ちで描こうとはしなかった。

絵が欲しいと言う人もあったが、顕子は約束をしなかった。そんな暇など無かったからだ。

でも、絵を描きたい気持ちはあった。

定が手が掛からなくなったら、描く事にしよう、今は、子育てとお寺の事で手いっぱいである。住職が何歳まで元気で居られるか分からない、定が坊さんになるまでは、生きていられるかは分からない。

不安は先にある。

今日も「煩悩菩薩」の扁額を眺めた。

定が小学校五年になったころ、あんなにやんちゃで落ち着きの無かった定は急に大人しくなった。何時の日からか定の様子がおかしいと察した顕子は、

「定、何か学校であったのかい」と聞いてみた。

「何もないけど」と定は言った。

「お母さん、僕はお母さんとお父さんの子供だよね」

「そうだよ、何処も可笑しいところは無いよ」

「学校で、お母さんと僕があのお寺に来たんだと言われたよ、坊さんの子では

ないと言われたよ」

「そうか定はいじめにあっているの？　先生は何て言っているの」

「何も言っていないけど、笑ってた」

「うーん、今度言われたら、僕はお父さんとお母さんの子供だよと言いな、だれに聞いたのと言ってみな、定は頭が良いし、口では負けないでしょう。そして先生にもはっきり言ってきな、友達との喧嘩は駄目だよ。自分から絶対に手を出しては駄目」と言い聞かせた。

　二日ほど過ぎて定が、服が汚れ手に傷を負って帰ってきた。

　顕子は、

「どうした定、その恰好は？」

「うーん、喧嘩してきた」

「どうして？」

「お母さんの言う通り奴らに言ったら、三人に囲まれて、お寺のジョーお前は生意気だって言って突いてきたから、やめろと言って突き飛ばしたんだ。そしたら、蹴られて倒されたんだ」

「誰か見ていたのか、先生に言ったのか」

「言ってないよ、言うとまた虐められるから」

「どうしてもやめないなら、母さんが学校に行ってやめさせるから、それまで我慢しているんだ」

住職は、俺が言ってくるかと言うのを顕子は止めた。

「待って、私が行ってくる。私は元高校の教師よ、こんな田舎の学校の先生は程度が低いわ」

数日たっても、虐めは止まらなかった様だ。

顕子は、午後決心して学校に出かけた。

まず、校長に面会を求め、校長室に入って行った。

歴代の校長の写真が壁に並んで掛けてある。

「歴史のある学校なんですね」

「はい、百年以上の歴史があります」

「校長は此処に来て何年でしょうか」

「はい三年になります。来年で退職ですね」と言いながらお茶を入れてくれた。

「校長、恐縮です。自ら入れて下さるなんて」

「ところで、どんな用件でいらっしゃったのですか」校長は、親が直接学校に来るのは珍しかったのだろう。

顕子は作務衣姿であったから、只者では無いと校長は思った。

「私は、泉現寺の安邊顕尼と言います、和尚です。定の母親です。今五年生で、お世話になっております。早速申し上げますが、定が毎日虐められている様子で、服が汚れて手に傷を負って帰ってくる時もあります。学校はそれを知っていましたか？」

「何？　虐めがあるという事ですか、私は知りませんでした、それは大変だ、担当の先生は二組の湯田先生ですね」

慌てた校長は、職員室に行って、「教頭先生、湯田先生ちょっと来てください」と言う声が聞こえた。

応接セットに向かい合う様に座った。話は、校長から切り出した。

「教頭先生、湯田先生、この方は、安邊定君の母親です。今日来られたのは、最近定君が服の汚れや手に傷があるという事で、もしかして学校で虐めがあるのではないかと確認に来られました。何かそれらしき事実を確認していませんか？」

そう言われた湯田先生は、少し動揺した様子で、

「いえ、虐めは無いと思います」と答えた。

「教頭先生は、知っていますか？」

「はい、私も虐めは無いと思っておりますが、ただの悪ふざけでしょう」

顕子は、そう言うだろうと思ってきたのだが、このままはいそうですかと引っ込む事は出来なかった。

顕子は流暢な関西弁で話し始めた。

「多分そんな事は無いと言われると思ってきました。私は、大阪の美大を出て、実家の和歌山で、家業の仏像仏具の修理、お寺の改修そして掛け軸と絵の修復をしていました。

私は絵の修復をやっておりました。

その後高校の教師になり数年務めました。学校の事は良く分かっているつもりです。

ある時私は画家になれなくてある悩みを消したくて、東北を旅し、偶然に田島の泉現寺に厄介になり、ちょうどその時、住職の奥様が亡くなり、何処にも行く当てもなかった私は、住職一人で働いている姿が気になり、暫く手伝っておりました。住職には子供が無く一人でお寺を切り盛りしておりました。私は和歌山に帰りましたが、どうしてもあの泉現寺の絵を描きたくて、また訪れました。それで和尚になると決めたのです。そして結婚しました」これが顕子の相手を黙らせる決まり文句であった。

「そして生まれたのが定です。

住職に二年修行を受け、その後本山に修行に行きまして、本物の和尚になり、法名顕尼を頂いてきました。定は後継ぎなのです。

私は黙っている我が子に、話を聞くと、どうやら三人か四人ほどの六年生と五年生から、虐めを受けているらしいんです。理由を聞くと、定は、お寺の坊さんの子では無い、お母さんが連れてきた子だと言われ、違うと反論したら、倒されて、少し叩かれ突き飛ばされたと申しております。私は、定お前はお母さんと住職の子だよ。と言い聞かせました。

絶対に手を出しては駄目だと言い聞かせております。でも分かりません、定が手を出したら大変な事になるからです。そうならない内に、穏やかに収めてください。

虐めは、定の事ばかりではないでしょう。多少の虐めは何処の学校でもあると思います。なんの対策もしていないのではないですか。隠そうとしているのではないですか。大きくならない内に収めてください。子供は親子の関係など知るわけがない。恐らく親や大人達のいい加減な言いふらしを聞いたのでしょう。

私から県の教育委員会に報告するのは、やめましょう。

まだ子供です、言い聞かせれば分かるはずです。

私が一方的に話してしまいました。申し訳ありません。

少し言い過ぎたかも知れませんが、解決しましょう。私に手伝う処があればお手伝いします」

校長も教頭も担任の湯田先生も顕子の流暢な関西弁には圧倒されたのだ。

少しの間黙っていた。図星だったのだ。

校長は、

「湯田先生、一人でしまっておかないで話してください。みんなで考えて虐めは無くしましょう。子供は悪ふざけから始めるんです。私が先頭になってやりますから、職員会議で話し合いましょう。教頭先生よろしいですね。あなたが仕切ってください」

「安邊さん、良く言ってくれました。お聞きの通り学校全体で、良い学校を作ります。教育委員会の方は、行かないでください」

顕子は、お茶を飲まずに学校を後にした。少し言い過ぎたと思いながら。

顕子は、ますますこの町では有名になった。

数日後、顕子が留守の時、教頭先生がお寺にやってきた。住職が相手をした。話によると、確かに定君は虐められていたと言う。定君は頭が良くて常にトップクラス、話上手で、はきはきして良い子ですと言う。

虐めた連中は、半分僻みがあり、何とか虐めてやろうかと思っていたところ、親達が、あのお寺の女の坊さん、子供を連れてきて、あの和尚を色目づかいで住み着いたと聞いたらしい。

それが元で虐めてやろうとしたそうだ。定君は、虐められても手を出さなかったのは、お母さんの躾があったからでしょう。

教頭は子供の親達の家を訪ねて、事情を話し、理解してもらったと言う。校長は定君と虐めた子供達を呼んで、怒らず今後この様な事はしないと約束させ、握手をさせたそうだ。

他にも、他のクラスでも虐めらしい問題は、あったそうで。学校の対応が遅かったのは否めません。各担任の先生たちに、子供一人ひとりに目を配り、分け隔ての無いようにしてくださいとお願いしました。それでも先生たちは忙しいですから、教頭の私が見張り役になり、それから、毎朝登校時に、校長と私が門で生徒達をおはようと迎えている。

そのうち、先生達も出る様になったそうだ。

住職は、

「そうですか、それは良かった。うちの家内は、自分は、教師だったと言う自負心が強く出たのでしょう。言い過ぎる所があります。許してください。と言っておいたよ。

またＰＴＡの役員になってくれと言っていたよ。どうだい」

「それは駄目だよ。私は言い過ぎてしまうから」

「お前は、俺には過ぎた女房だよ、お前の関西弁で話しまくったら、この辺では太刀打ち出来ないな。やらない方が安全だな」住職は笑いながら言った。

「私、そんなに怖い女かしら、煮え切れない人を見ると、つい出しゃばってしまうのね、私は負けないよ。でも、私は目立ってしまうのね、悪い？　でもジョーは元気に育ってくれて良かった。高齢の子だから心配したの」

二人は少し笑いながらお茶をすすりながら話した。

定は小学校を卒業して、中学校に進学した。体も大きくなり、少し逞しさも出てきた。

中学に入っても、成績も良かった。

話も上手で、目立ってきた。

先生に推されて級長になった。部活は柔道部に入り、一年生ながら上達が速く強いと言われ目立ってきた。

しかし、定には先輩後輩の関係は、初めて味わう経験であった。

一年先輩と稽古していると、

「お前、少し強いと思っていい気になるなよ、生意気だお前は」

と言われ、襟を持ったふりして、思い切り殴られる事は度々あった。

それをかわして、足払いで先輩を倒してしまった。

「済みません先輩、足が自然と出てしまいました」

倒れた先輩は、思い切り掛かってきて、定を投げ飛ばした。定はわざと投げられたのである。

「お前は、俺に勝つなんてまだまだだな」と足で蹴られた。三年生の主将はそれを見ていた、「こらー蹴るなんて馬鹿野郎」と怒鳴りつけた。

此処でも定は目立っていた。

どうやら、定への虐めが起きたのはこれが原因だった。部活の先生は、余り指導には来ない、だから部活は好き勝手に練習と言うか遊びの様でもあった。

先生の指導が有るときは、生徒を容赦なく投げ飛ばした。

お前は全然上達して無いな、遊びでやっているなら辞めてしまえ、ちっとも上達して無いと言う具合に。

一年生は、壁を背に見ているだけで、先輩たちの投げられる姿を見ていた。

先生の、説教を聞いていると、先生は定が目に入った。

「お前は一年生か、良い目付きをしているな、名前は？」

「はい、安邉定と言います」

「定？　ジョーか良い名だ、こっちへ来てみろ」と言い、

「俺を投げてみろ」

「はいお願いします」と言い、先生の襟と袖を持って投げようとしたが、びくともしなかった。

「ほらどうした投げてみろ」と言われても動かない。

「ほら、投げるのはこうやるんだ」と言い投げようとすると、定は腰を落としてそれを止めた。しかし今度は見事に投げられた。

「おうお前、俺の投げを阻止したな。受け身も上手、見込みがある。おい主将こいつを面倒見ろ強くなるぞ」

と言い、今日はこれまでと言い帰って行った。

先輩たちは、面白くない、またあの定が出しゃばっていい気になっている。

生意気だと思われる様になった。

しかし、定はめげなかった。母から言われている、決して出しゃばるな、自分から手を出すな、と言う言葉が浸みているからだ。ここではまだ母の声が生きている。蛇に睨まれた蛙の様に。

いつの間にか、お寺のジョーと呼ばれる様になってきた。

部活の嫌がらせは続いていた。稽古はさせてくれない、畳の雑巾掛け部室の掃除や片付けをさせられ続けた。

定は、ひたすらそれをやり続けた。

成績は、いつもトップクラスを続けた。定が優秀なのは、顕子が子供の時から勉強を教えていたからかもしれない。分かるまで徹底的に教えたからだろう。

定はそれに反発をしなかった。

母は、絶対的だと信じていたからだった。

他人には優しく、出しゃばるな、喧嘩は自分からするな、と言う教えだった。

一年生の終わりの頃、定は、相撲部に行くと言い柔道部を辞めたいと言った。

こんな奴らと一緒に居たくないと思った。相撲部は冬部活をしていないからだった。

定は、柔道部の部室で先輩たちに袋叩きに遭った。覚悟はしていたが、自分から手を出すなと言う母の言う通り、我慢していたが、起き上がり、喧嘩殺法で何人かを殴り蹴り、たがい締めにした。手が付けられないと思った先輩は逃げて行った。

この喧嘩の話は、学校中に広まった。

勿論、部活の担当教師と、主将そして定も校長室に呼ばれた。

事の起こりは部活の担当教師から説明があり、

「先輩たちの教えがきつかったと思われます」と言った。

「練習や指導で、怪我するのか、その顔は喧嘩だろう」と校長は言った。

「主将、喧嘩の原因は何だ」

「稽古をつけていたのですが、投げられたのを不満に思い、殴りかかってきたから、みんなで押さえつけました」

「定君一人に君たちは襲いかかったのか」

「はい、なりふり構わず暴れたのでみんなで押さえ続けました」

「部活担当先生、先生はどんな指導をしているのだい、喧嘩を教えているのかい」

「いえそんな事教えていません、すみませんでした」

「まあ良い、起きてしまった事だから、ところで定君、君はどうして手を出して先輩たちを殴ったの？」

「はい、正直に言います。僕は柔道部に入って強くなろうと思いました。先輩後輩の関係は知っておりました。辛い事も我慢しようと頑張ってきました。しかしお前は顔が生意気だとか、頭が良くてもここでは通用しないと言われました。それは当然だと思っていました。少し強くなると無視され誰も指導をしてくれませんでした。一人で練習していると、邪魔だとか、部室の掃除をしてこいとか、皆が終わったら畳の雑巾がけをさせられました。僕は、そんな事嫌とも思わずしていました。

　しかし、練習が出来ないのなら辞めようと思い、相撲部に入ろうと思い、退部しようと挨拶に行きましたが、先輩たちに囲まれて倒され、袋叩きされました。

それで僕は、起き上がり、対抗したのです。何人かは殴りました。良く覚えておりません。悪い事をしました。すみませんでした」

「そうか、主将の話と違うな、先生どっちの話がほんとうなの？」

「はい、私も詳しくは知りませんが、定君の話が本当の様です」

「うーん、分かった、暫く部活は中止だ、先生、皆で話し合って今後このような事が無い様にしてくれ。これは学校の事で他には内緒でな、教育委員会に知れたら大ごとだぞ、みんな分かったな、無かったことにする」

と校長は言った。

「ところで、定君は、泉現寺の息子さんかい？」

「はいそうです。母には黙っています。痣は練習がきつかったからと言います」

「やはり、そうか、お母さんの噂は聞いている。立派なお母さんだ。和尚さんだそうだな」

「はい、怖い母です。絶対喧嘩はするなと言い聞かされていますから」

分かったこの事件は、これで終わりにしよう、分かったな、と校長は仕切った。

定は二年に進学した。やはり定は優秀であった。頼りになる男であった。

部活は、相撲部には入らなかった。柔道部には戻る気は無かったが、先生から誘いもあり迷っていた。

まだ問題を起こすかも知れないと断っていたが、再三の誘いに折れて入部する事になった。

体格が大きく成長し、父や母を超えた。

顕子は、定の成長を逞しく思った。

住職は、八十は過ぎた、衰えも目立つ様になってきた様子に、顕子はついに来た様だと思い始めた。普段でも大人しい住職はそれでもそれなりの威厳があった。

自分だって五十代半ば、覚悟していたとは言えこんなに早く来るとは、時の流れの速さを感じられずにはいられなかった。

葬式や年忌は、顕子が出かけた。お寺で行う法事、戒名や卒塔婆は住職にお願いした。

定が一人前になるまで、待望の後取りになるまで、住職生きていて、お願いと心に叫び続けた。

スポーツ万能の定は、陸上の選手に引っ張られる。郡大会には、リレーの選手、走り幅跳び等優勝はしなかったがそれなりの成績は残したのである。

柔道は二年生で郡大会に出場し二勝したが準決勝で敗れた。すべてに優越感を持っていた定は、周りからは嫉妬で恨まれる事もあった。

特に女子生徒の人気はあった。頭良し、スポーツ万能は他の生徒よりずば抜けていたからだ。

柔道部だから、喧嘩では負けない、口は達者で誰も太刀打ち出来る者はいない。

そんな評判を聞いていた住職は、

「定、お前は何をやっても優秀なんだな、大したもんだ、お父さんは嬉しいよ、頭の良さは先代に似てるな、いや、お母さんに似ているのかな」

「あのね、周りは皆頭が悪いんだよ。先生が言っていたけど、定君が分かっているのに君たちは覚えが悪いよと言っていたよ」と定は自慢げに言っていた。

それを聞いていた、母は、

「こら定良い気になってるんじゃないよ、たかがこの町の学校で有頂天になっているの、それはこの学校だけでだよ。上の学校に行ったらそれは通用しないよ。分からない子がいれば教えてあげな、何が分からないのか、もともと頭が悪い子もいるけど少しは良くなると思うよ。数学と理科が分からないんだろうな。

　多分に、先生の教え方が悪い場合があると思う、定は一回聞けば分かるけど、先生はそんなのお構いなしに次々と進んで行くんだね、定、今度分かりにくい所を、先生もう一度説明して下さいと言ってみたら」

「分かった、今度言ってみる、俺も理解出来ない所もあるしね」

　顕子と住職は、定について余り話す事は無かったが、定について、顕子は、久しぶりに住職と話した。

「住職、定は、ほんとに頭が良いと思う？　普通の子供と比べても少し超えているかも知れないけど、これから先が心配なの」

「先が心配とは？」

「私も分からないけど、あのまま行くとは限らない気がするの、先走って躓くとか、敵を沢山作って潰される様な気がします。私は普通の子で良い、もし、お寺を継がないと言ったらどうする？」

「それは思い過ごしだと思うよ、定はこのお寺を継ぐと言っているし、俺はそうなると思っているよ」

「そうだけど、私らの思い過ごしかも知れない、御免なさい住職」

「先代の住職は、学識があり、檀家には人気があったよ、法話は上手で、人を笑わせるのが得意だった。そんな先代にも悪い癖があってな、それは、女好きで有名だったよ。

　エロ坊主なんて呼ばれていたな、定はそれと似ているとは言わないが、坊さんなんて少し変わっていた方が良いかもしれないね、特殊な職業だもの」

「そうね、私も変わった女だよね、住職も定のことを見届けるまで元気でいてよ、私では、手に負えない事もあるかも知れない」

「大丈夫、お母さんなら立派に育てられるよ、定はお母さん思いだもの、俺もお母さんを頼りにしているよ」

顕子は、自分は好き勝手に生きてきたと自負している。何かに縋《すが》っていく事は嫌いだった、それに縋ってしまうと不条理に遭うからであった。

数学の時間、ロボットの様に仏頂面した先生が、今日は前にも習った方程式について復習するぞと言い黒板に書き始めた。

此処でXとかYと書いただけで難しいと思ってしまう生徒もいる。

このXの数字は何ですか、公式はこうですね、答えは2でしょう。分かりましたね、はい次の問題ですが、と言うと定は手を挙げて、

「先生、もう一度分かりやすくお願いします」と言うと、そうだそうだと言う声がした。

「君達は何処が分からないんだこんな易しい問題」

「私は分かりますけど、分からない人もいます」

「頭が悪いんだ君たちは、それなら君がみんなに説明してくれ」

定は、演台に上がり、こう説明した。

「みんな、XとかYとか書かれると難しいと思ってしまうんだよね、良いかい

みんな簡単に考えてよ、X、Yは関係なく、掛け算と割算が分かれば簡単だよ、2×3は6でしょ、この関係さえ分かれば、だから公式はこうなるんだよ」

生徒たちは「ああ、そうだわ、俺だってそう教えられればわかるわ」と拍手した。

笑いながら先生は、

「定君、お前は教え方が上手いな、でもな公式をちゃんと覚えなくてはこれからだんだん難しくなってくるから、しっかり覚えなくては駄目だ、分かったか！」

生徒達は、はーい、はいはい、とふざける様に言った。

どうも先生は、定に一本取られた感じで不機嫌な様子だ。

しかし、成績の良い生徒たちの間では、あの定の奴、知ったかぶりしていい気になっているわと心に思っている生徒もいる。そしてその生徒達は余り口を利かない。

定は、それを知っていたが、それはそれで良いと思っていた。

三年生になると、定に少し変化が起きてきた。相変わらず成績はトップクラスは変わらない。柔道部もキャプテンになり、何をしても目立ってきた。相変わらず口も達者で劣等感は感じられなかった。

しかし敵も増えてきた。定を良く思わない者、離れていく者、何時か叩きのめしてやろうと思う者も現れた。いつの間に、またお寺のジョーと呼ばれる様になった。

授業中に、それは可笑しいとか、書き順が違うとかやたらと質問するから、こいつは、と嫌われた。

こんな時もあった。テストで自分では百点と思っていたが、そうでは無い事があった。

定は職員室へ行き担当先生に確かめに行くと、君か、満点だったけど字がきたなくて良く読めないから十点引いておいたと言われた。定はそんなに下手とは思っていなかったが、大きな字で濃く書く癖があった。消しゴムで訂正したのが読みづらかったのだ。

定はそれから、その先生の授業は欠席した。それが学校で話題になり、その教師は校長に注意を受けた。担任の先生から出る様に説得されたが、定は、それでもその教師の授業は拒否し続けた。そして柔道部も余り顔を出さない様になった。何の指導も無い部活なんて、他の学校に勝てるわけがないと思ったからだ。

自然と口数も少なくなっていった。今まで、馬鹿にされていた連中や、僻みを持っていた連中も、数人で何かに付け定をからかい始めたのである。

「おい定どうした元気が無いな、彼女に振られたか？」

「放っておいてくれ、俺は君らと違うんだ」

「ほう、何処が違うんだ。頭では負けるけど、世の中頭だけでは無いぞ」

「お前ら、俺を如何したいんだ、社会の授業を受けなくても俺は家で勉強している。喧嘩か？　俺はくだらない喧嘩はしないよ、良いからあっちに行け、来るな」

と追い払った。

暫くこんな状況が続いていたが、ある日担任の先生が家庭訪問して来た。顕子はこんな状態になっていたとは知らなかった。定も話さなかったし、普通と変わりないと思っていたので、驚いた。

「そうですか、定がですか？　定は少し変わった所がありますが、正義感の強い子です。理屈に合わないと思えば納得するまで諦めない所があります。確かに協調性に欠けるところもあります。他人に恨まれる様な事はしないと思いますが」

「その通りですお母さん、定君は優秀でクラスを引っ張って行く存在で、級長には最適なんです。テストの点数は満点だと思っていたのでしょう、それを先生に勝手に十点引かれていたので不信感が起き、その時間を欠席したのが問題となりました。

　その先生は、謝ったのですが、定君は今もその授業だけ欠席しています。他の先生達にも聞いたのですが、定君は、先生、もう少し詳しく説明してくれませんかとか、字が間違っているとか、それは可笑しいとか、先生達から、面倒な子だと聞いた事もあります。これは我々先生達も間違っておりました。それは皆注意しようと反省しております。

どうかお母さん、定君に授業を受ける様に言ってくれませんか、来年は高校受験です。大事な時期です」

顕子は、嫌な予感がしてきた。

「分かりました。良く聞いて受けさせる様にします」

担任の先生は、お願いしますと言い帰って行った。

顕子は、胸に剣を刺された様に心の痛さを感じた。私は定にどんな育て方をしてきたのだろうか、私のどこがいけなかったの、世話を掛け過ぎた所があったのかしら、定、お前は何処へ行こうとしているの？　子供の事で悩むのが増してきた。

定には定の悩みがあるはずだ。何を考えているの、迷っているの？　それを知らずにいた自分を責めた。

住職にはどう説明したら良いだろうか。いや今は話さないでおこう。

五時頃、定は何時もの通り帰ってきた。

「定、今日は遅いね、部活かな？」

「そうだよ、部活担当の先生はいつも来ないから、自分らで勝手に練習しているんだよ、息抜きみたいなもんだよ」

「そうか、息抜きか、あのね午前中に担任の後藤先生が来たよ」

「うー、先生が？　何しに来たの」

定は、来たのか、たぶんあの事だなとすぐに感じた。

「定、お前学校で何があったの、母さんには何故話さなかったの、今日先生から初めて聞いた」

「あのねお母さん、これは俺の問題だよ、喧嘩した訳でも無いし大した事ではないよ、心配かけたく無かったから言わなかったんだ。俺は間違っていないよ、勝手に騒いでいるんだ」とジョーは淡々と言った。

「定、確かにお前の定規では間違っていないかも知れない、自分は間違っていないから何をしても良いとは限らないぞ。お互い協調性があって、許し合って成り立っているんだ。

人間は、欠点だらけだよ。迷いだらけで生きている。だから許す事も大事だ。

そうしないと、これから先苦しくなるよ、一人だけでは生きていけないよ、あの先生だって反省はしているよきっと。お母さんは、高校の教師をしていた時もあるけど、生徒には好き放題にやらせたよ、雑談でろくな授業もしないでね、眠たい人は寝ても良いよってね、だから好かれたよ。でもね美術担当だったからそれが出来たんだわ。英語や数学や理科の先生は大変だよ。だから気持ちを丸くして、授業を受けなさい、来年は高校の受験でしょ、内申書を悪く書かれたら行けないよ。

定お願い、そうして、お母さんの頼みだよ。分からない人が居れば放っておけば良い、お前を信用しているから、お母さんは学校なんて行かないよ、言いたいことは沢山あるけど」

定は、暫く下を向いて、黙って自分の部屋に上がって行った。

定は、部屋で考え込んでいた。引っ込みのつかない自分を嘆いていたのだろう。母が高校の教師を、していた事は改めて知った。

次の朝、住職は朝の勤めを終え、三人で朝食を済ませた。

定は何時もの通り学校に行った。顕子は、大きくなった我が子の後ろ姿をしみじみと眺め、何となく不安を感じていた。

「今日星家の一周忌はお母さんが行ってくれ、卒塔婆は書いておいたから持って行って、それからお寺に墓参りに来る、それから恐らく会食になると思う」

「そうね、星家は堅い家だから断る訳にはいかないよね」

「ところで、定に何かあったか、この頃大人しい様だが」

「うー、定も年頃になったし、大人しくなったのでしょう、段々難しい年頃になっていくのよ、大人に成り掛けてきた証拠でしょうね。余りがつがつ言うと反発するから、見ていましょう」

夏の終わり、和歌山の父が危篤と言う連絡があった。八十六歳と言う年齢から顕子は、ついに来たかと驚きはしなかった。

職人一筋だった父の顔が浮かんだ、仕事以外に興味を示さなかった父は、今まで何を考えていたのだろう。顕子の事も好きな様にやれと言った父が今亡くなろうとしている。

一度も怒られた記憶が無い。

一度本当に叱られたかった。この馬鹿者と。

顕子が、実家に着いた時は、もう意識が無かった。そして話す事も無く息を引き取った。

母も、年老いた。以前の様な笑顔も見えない。父の枕元で顕子はささやいた。

「お父さん、顕子だよ、親不孝の顕子だよ。このバカ娘と怒ってよ。お父さんは私の事どう思ってたの」

「お父さんは、仕事一筋でね、倒れるまで仕事してたよ、自分でもわかっていたみたいだった」と母は言った。

「仏さまに仕えていたから、極楽浄土の一番良い所に行けるわ、意識が有るとき、顕子はどうしたと言ってね、少しは心配していたのでしょうこの父も」

顕子は、涙を浮かべ、父の枕脇で、枕経を唱えた。

「私ね、顕尼と言う坊さんになったけど、後は此処の坊さんにお願いするわ、私が出しゃばるのは可笑しいから」と言い喪主の兄にお願いした。

事務所に菊川富子に会いに行った。兄の代わりにお得意様を廻っていると言う事で会えなかった。

富子に会えたのは通夜の時だった。

懐かしい富子は、別人に見えた。

「顕子さん、お久しぶり、元気でいた？　定君は大きくなったでしょう」

「はい、中学三年生よ、大きくなって私よりも背が高くて生意気で困っています。富子さん、まだ一人者だとは聞いていたけどほんとに一人で居るの？」

「私ね、お兄さんの紹介で私より年下だけど子持ちの男性と結婚しました。顕子さんには、恥ずかしいから黙っていたの、結婚式は簡単にこちらの両親にお願いして、山形には連絡だけしてそれ切りだよ。何時かは行かないとね、父も母も元気なうちにね」

「子供は幾つ？」

「十五の女の子よ、山形に行く時は、顕子さんの処にも行きたい、定君にも会いたいわ」

「待ってるわ、来てよ」

父の葬式はすごかった、顕子のお寺では比べものにならない程盛大だった。やはり父は偉大な人であったのだ。坊さんの袈裟も顕子は着たことも無い物だった。

兄の長男は、大学を卒業して家業を継いでいる。間もなく結婚すると言う。

「兄さん、兄さんが羨ましいわ、長男がしっかりしていて、会社も安泰だね」

「大学は出たけど、任せるにはまだまだだけど、やる気にはなっているからこれからだろうな、顕子の子供は、まだ中学生とは大変だな。後何年かかる？」

「まあ、仕方が無いわ、私が選んだ道だから、住職も年だし、後取りになるまで丈夫でいられるかな、これからが私の正念場だわ、母さんも元気が無い様だけど頼むよ兄さん」

「今の処何処も悪くは無いし、少しボケているが、まだまだ大丈夫だよ」

「私、もう五十五になってしまった、もう若くは無いのね、今は、子供に振り回されているのよ」

「どうして？　顕子の子だもの何の心配も無く育ったのだろう。何か心配事でもあるの？」

「うーん、心配と言えば心配だけど、頭は良い事は確かなんだけど、変に頭が良いのよ」

「なんだいその、変に頭が良いとは、変わっているのかい」

顕子は、誰にも言えない定の事のすべてを兄に話した。兄は笑って、

「そんな事、その頃の子供は反抗期で生意気なんだよ。大丈夫、そのうちしっかりした子になるよ、心配し過ぎだ。俺の長男なんて俺に何度叩かれたか分からないよ」

「兄さんは男だから出来るんだわ、私の住職は静かでおとなしいからそんな事はしないわ、後取りは諦めていた処に、私が行って子供が出来たから、それはもううれしくて、可愛がり過ぎて、怒った事も無いよ。私がしっかりしないと、あの子はどこかへ行ってしまう様な気がしてならないの」

「こら、顕子、好きで行ったんだろう、今更何を言っているの、そんな事で泣いている場合か、しっかりしろ」

「有難う兄さん、しっかりしないとね、やはり兄さんに打ち明けて良かった、誰かに怒られたかった、この馬鹿者しっかりしろ、ってね、なんかすっきりしたみたい」

「しかし大変だな顕子も、お寺を守らなければならない、子供を後継ぎにしなければならない、責任は重いな、頑張るんだな」

「ところで兄さん、富子さんの事だけど、兄さんが世話したって？」

「そうだよ、主人は富子さんより若いけど、間違いの無い人だ。俺んとこの大工工事をやってくれている鏡田工務店の若社長でな、腕は良いし人間も良い人だ。

　奥様が病気で亡くなって塞いでいたんだが、女の子供が八歳の時だったかな、富子さんが何度も鏡田工務店に打合わせに行くうちに、娘におばさんおばさんと言われ仲良しになり、可愛くなったのだろうな、それで俺は、鏡田に後妻にもらえとけしかけたのだが、富子さんは、こんなばあさんではと断ったんだ。

　しかし、子供は、おばさんなら良いよと言うんで、鏡田社長もその気になってくれたよ、はっきりしない富子さんを俺が無理やり一緒にさせたんだ。今では感謝されているよ、子供は、なかなかお母さんと言えなくておばさんと言っていたのだが一年ほど過ぎた頃、お母さんと言ってくれたそうだ。富子さんはうれしくて、俺の前で泣いていたよ。

　私やっと母親になれたって言ってた。俺もうれしかったよ」

「そう、それは良かったわ、富子さんも苦労したんだから、幸せにならなければね」

顕子は、二晩泊まって、富子さんの家に行ってみた。家は立派で作業場と事務所が別棟で建てられてある。鏡田工務店と堂々と掲げられている。

日曜日でも作業場は動いていた。七、八人余り職人が働いていた。社長は何やら職人たちと打合わせをしている様子が見えた。

富子は、幸せそうに見えた。子供がお母さんと呼んで、姉妹の様に楽しそうだった。

主人は、客間に上がってきた。

「いやー顕子さんですか、初めまして、福島の会津から来たそうですね、遠いところご苦労様ですね、親ですからこなくては、社長から聞いておりましたが、お寺のお坊さんだそうですね、女性のお坊さんなんて珍しいですけど、立派にやっておられる、尊敬します」

「はい、何とかやっています。富子さんに聞いておられると思いますが、お寺で修行した仲間です。お互い悩みを打ち明けて良い時間を過ごしました」

「聞いておりました、顕子さんには大変お世話になった事、また社長には大変お世話になっております。富子に会わせてもらった事も、娘もすっかりお母さんと言ってくれております。名前は咲と言います」

娘の咲は、母の隣に座って、鏡田咲ですと挨拶した。

「私ね、女の坊さんって初めて見ました。お母さんと友達だなんて驚きました」

と不思議そうな顔で法衣姿の顕子を見つめた。確かに坊さんと言えば髪を切って丸坊主だと思ったのだろう。

「咲さん不思議だよね、男の坊さんは頭を丸めているよね、私はね、入門するとき髪を切って丸坊主になったのよ、今はね女の人は丸坊主にしなくて良くなったの、私はね丸坊主は似合わないから伸ばしているのよ、かっこ悪いじゃない」

咲は、母の顔を見ながら、「お母さんも丸坊主になったの」

「お母さんは坊さんになるつもりは無かったから、丸坊主にしなくても良かったよ」

「そうーお母さんの丸坊主は想像できない」

「咲ちゃん、今度お母さんと一緒に会津に来てね、待っているわ」と皆で笑いながら、時間が過ぎ、話は尽きなかったが、顕子は、ゆっくりして居られなかった。実家に戻り、従業員に挨拶をして、帰り支度をしていると、母がこう言った。

「顕子、お前本当に坊さんになって良かったのかえ」

「お母さん今頃どうしてそんな事言うの？」

「どうしてかって、ふとそう思ったの、苦労している様に見えたからよ」

「そう見える、年を取ったからでしょう」

顕子は、見破られた様な気がした。

翌日朝早く顕子は帰路に就いた。長い列車の中は、何かと考えるには十分な時間があった。

車窓から、何気なく見える景色を薄目で眺めながら、そんなに急がないで、ゆっくりで良いのに、時の流れるのが速すぎるわ、何時も待ったなしの時間に追われているのは私だけの思い過ごしなのだろうか？

時間は容赦なく過ぎていく、時間は待ってくれない、思考は鈍ってしまったのか、それだけに振り回されているのかしら。こんなはずではなかった、母が苦労しているなと言った言葉が当たっているかもしれない。弱気なんて言っている時間は無い。

その日の夜、お寺に着いた。

住職は、「御苦労だったね」と言い、「明日葬式が出来た、良かった、帰ってきてくれて、悪いけど明日お願いするよ。トシ婆さんだ」

「トシ婆さん？　悪いとは聞いてなかったけど、いくつになっていたのかな」

「九十三だな、長生きした様だよ」

「ところで、定の奴また学校で問題を起こした様だ、なんでも生徒会の副委員長を辞めたそうだ。今部屋に居るようだが、明日でも話を聞いてくれ」

「良いんでないの、自分で辞めたなら、親がいちいち言わなくても、定が話すまでそっとしておきましょう」

顕子がそう言うと、住職もそうだなと頷いた。

翌日顕子は、トシ婆さんの自宅へと葬儀に向かった。

喪主の長男は、「顕子さんで良かった、婆さんが逝く前に顕子さんにしてもらうと言ってたんだ。喜ぶよ、きっと」

「そうですか、昨日和歌山から帰ってきたの、父が亡くなったから、行ってきました、婆さんにはお世話になったしね、私を待っててくれたんだわ、良かった間に合って」

年も年だし大往生だったので、家族は穏やかであった。

定が生徒会の副会長を辞めたのは、会長と意見が合わなかったという事であった。

会長は、他のクラスから出たが、やはり成績優秀で応援団長も務めていた。定よりも人気があり文句が無い生徒であったらしい。定は会長になりたかったらしいが、定は変に変わったところがあり、先生方の意見でそうなったらしい。

話は、定の方が上で、たびたび会長と意見が合わず口論になり、先生方は会長の味方で会長に任せなさいと言われ、自分から身を引いたと定から聞いた。

定は意外と、さっぱりしていた。

定が何か問題を起こしたのではないかと心配していたが、少しは大人になったのかな、と顕子は安堵したのである。

しかし、そうでもなかった。定は口にしなかったけど、定の奴会長でもないのに出しゃばって、自分が会長になった様に生意気な口をきいている。先生方も心配している様であった。

たびたび悪ガキたちに、おい、お寺のジョー、お前は生意気だとか、顔が気に入らねえとか、言いがかりをつけられていたのだ。

決まって呼び出されるのは、校庭の西で数本の樹がある所か校舎の裏だった。不良ガキ達の煙草を吸う処である。

「俺は、副会長を辞めたんだ、何ら文句を言われる筋合いは無いよ、生意気だとか、顔が気に入らねえなんてお前らの勝手だが、俺の前に来るのは止めてくれ、馬鹿面下げて」

「何この野郎」と定を突き倒し襲い掛かってきた。

定は、暫く無抵抗でいたが、立ち上がり、一人を足払いで倒し、一人を顔を殴った。

悪ガキたちは、勝てないと思ったのか、また後でなと言い逃げ出そうとしていた。

その様子を女生徒が見ていて、先生を連れてきた。

「こら安邊、また喧嘩か？　殴ったのか」

「はい殴り倒しました、こいつらが俺を囲んで倒したから、俺は反撃したんです。手を先に出したのは、こいつらです。私は危ないから殴って倒しました」

「でもな、君は柔道部だぞ、負けるわけがないだろう、過剰だろう」

「柔道部は、喧嘩するためではありませんが、黙って殴られていろと言うのですか。やられたらやり返すのは当たり前でしょう」

先生はたじたじであった。

「でもな暴力は駄目だ、君は強いんだから」

そう言うと先生は生徒達を別れさせ、引き上げて行った。顕子は、この事を知らなかった。定もこんな事話す気も無かったからである。

この事は、また学校で問題になった。そして定は、職員室に呼ばれた。教頭先生から、

「定君問題を起こさないでくれよ、今は大事な時だよ、少しは我慢して、君に勝てる奴はいないんだからな」

「はい、すみません、でもね掛かってきたのは奴らですよ、黙ってやられているなんて私には出来ません。やめろって何度も言いましたよ、それでもですか、納得いきません。指導するのは奴らの方ですよ先生、あの場所に煙草の吸い殻が落ちていますす、知っていましたか？　誰かは知りませんがそいつらも指導してください。私ばっかり目立つようですが、私は迷惑です」と定は話をずらした。

この煙草が大きな問題となった。

しかし、このままでは終わらなかった。悪ガキ達は仲間を増やして、今度は校外の林の中に定を呼び出し、一人が棒で定に襲い掛かった。いくら定が強いと言っても、加減を知らない多勢には敵わない。

鼻血が出て、棒で殴られ血が滲むほど殴られたのである。

悪ガキ達は、逃げて行った。定は暫く仰向けになり、樹木の間から漏れてくる日を眩しく感じながら、呆然としていた。初めて負けたと感じたのである。

定は夕日が沈むころまでじっとしていた。そして起き上がり家に帰って行った。頭から血が出ていたのが分かった。

次の日定は学校を休んだ。そして母に連れられて医者に行き四針ほど縫ったのである。

こうなったら顕子は、黙っていなかった。学校に出向き、また校長に会い、昨日の息子の喧嘩のことを話した。

「校長、生徒たちにどんな教育と指導をしているのですか、大勢で掛かってうちの息子が大怪我をして帰ってきました。

昨日医者に行って治療してきました。これは警察問題ですよ。私は警察には連絡していません、学校が困るでしょうし私も困ります。息子に聞いたら手は出さなかったと言っております。

息子が先に手を出したなら、此方が悪いでしょう。自業自得でしょう。その者たちに聞いてください。息子は名前を言いませんでした。

誰がしたかは聞きませんが、このような問題が起きない様にするのが学校の責任でないですか。このまま、私が教育委員会に報告しますか？」

慌てた校長は「待ってくださいい安邊さん、此方で調査しますから、警察には言わないで下さい」と慌てた様子であった。

「私は、警察には言いませんよ。大変な事になりますから」

顯子は静かに話していたが、それでも顯子に敵う者などこの学校にはいない。

少し落ち着いて顯子は言った。

「校長先生も大変ですね、静かに定年を迎えられるのに、今の子はまだ大人になりかけで難しい年代ですね、一人では何も出来ないのに集団になると怖いですね、何処の親たちも同じでしょう、大変ですがよろしくお願いします」

と話し、暫く息子は、学校を休ませますからと顯子は学校を後にした。

学校は大騒ぎになっていた。喧嘩に加わった子たちは、すぐに分かった。やはり定は先に手を出さなかった様だ。

定が学校に行き始めた日、校長と怪我をさせた子の親がお寺にやって来た。檀家の親もいた。ただ平謝りに来たのだ。

顯子は、「いや、うちの定は少し生意気なところがあります。何か気に障ることがあるのでしょう。言い聞かせておきますから、無かった事にしましょう。

檀家の方には世話になっておりますから」と頭を下げた。

定が生徒会の副会長を辞めないように言われたが、顕子は、それは定に任せると言い帰ってもらった。

定は、変に大人で理屈っぽく、子供らしくないところがある。このまま大人になるのかしら、どこか私に似ているのかしら、何かにつけ言い過ぎるのだろうか。定、お前は何を考えているの、何処へ行こうとしているの、お前はこのお寺を継がなくてはならないのよ。と心配は増えていった。

そうか、それを言われるのがジョーは嫌なのかい、迷っているのかい。それが原因なら、もう言わない様にするわ。継がない時は、それで良いわ、定の好きな様にすれば、その方が気が楽になるかも知れない。顕子は、そう心に決めようとしていた。

定について住職に相談することが無かったが、住職は何を考えているのか聞いてみた。

「定には後を継いでもらわなくては困るよ、お前もそう思うだろう」

「そうだけど、何となく嫌なんだなと思っているかも知れないよ、それが嫌で問題を起こしているのだとしたら、定が可哀そうで」

「まだ子供だよ、今に分かってくれるよ、定は頭が良い息子だ、分かってくれるよ」

「私、あまり言わない様にするわ、それが重荷になっているのなら、二人そろってそうしなさいと言うのは、定の自由を奪っている様な気がして、だから私は余り言わない様にするわ、継いでくれるのはうれしいけど、こんな田舎のお寺を俺が継がなくてはならないのって迷っているかも知れない。もう少し様子を見よう。その時はその時で、なる様になるわよ」こう言って、顕子は自分の気持ちを落ち着かせていた。


年が明け、高校受験の日が近づいてきた。三者面談で先生は、定君は若松の県立高校に行けるから受験する様に言われていた。

「定君は地元の高校で良いと言っているんです、お母さん」

顕子は、定に、

「なぜなの？　定、若松の県立高校に行けるって先生も言っているのに、何も地元でなくてもいいんじゃないの」顕子は、驚いた。

「若松の高校に行くと言っていたでは無いの、何時変わったの」

定は迷った様子でこうぼそぼそと話した。

「僕は坊さんになってお寺を継がなくてはならないから、地元で良いんだ。若松の高校に行って、進学して東京の大学に行ったら、お寺には帰ってこなくなるかも知れないし、そしたら、お母さんやお父さんには申し訳ないから、自分で考えたよ」

ああ、やっぱりそうだったのか、定はそこまで考えていたのか、御免ね定、顕子は泣きたくなった。

「定、そんな事考えていたの、それが重荷だったのね、それは考えなくて良い、しっかり勉強して大学に行ってそれから考えよう。坊さんになる大学だってあるんだから、お寺を継ぐのは定の考えに任す、嫌だものね、お寺の坊さんなんて、継がなくて良い、お母さんが何とかする、心配しないで若松の高校に行きなさい」

「いや、行かない」と定は言った。

「駄目行きなさい、先生、志望校は若松の高校にして下さい。分かったね定」

顕子は、定を睨め付ける様に言った。

「分かった、そうする、先生そうして下さい」と観念した様に定は呟いた。

やはり、定は母が怖いのだ。魔法にかけられた獣の様になってしまう。

卒業して三月、定は希望通り若松の県立高校に合格し行く事になった。

入学式が終わり、定が通い始めた頃、実家の母が亡くなった。そして田島荘の女将が亡くなった。顕子の恩人であり、一番の理解者であった。

続いて、菊川富子の実家の父が亡くなったと聞いた。富子は家族で行った。

その帰りに田島の寺に寄った。

# 田島のジョー

電車通学が始まった。この時間帯は混んでいる。通学通勤と一斉になるからである。

様々な人間が乗っている。この中でも学生が目立っている。定の様な県立の進学校生、私立高校生、そして女子学生、それは制服で区別できる。

ジョーと一緒に入学したのは、生徒会長の星と渡部そしてもう一人の星達男の三人であった。

彼らはジョーよりも優秀であり生徒らしい生徒である。

ガラの悪い学生と大人しい学生と様々である。その悪い先輩達の学ランは注文で作らして、いかにもこれ良いだろうとして闊歩している者、帽子も特注で作った物でコペコペに油を塗って校章を隠している生徒達は、新入生達に見せびらかしている。

彼らは、じっとしていない、車内を、おうおうと話しかけ与太って歩き回っている。

かっこよいと思っているのだろうが定には目障りであった。

通学が慣れてきたころ、真面目な学生は椅子に座り鞄を台にして本や教科書を読んでいる奴もいる。定もその仲間であったが、同級生と話すのが楽しかったのである。

大人しくしていた定であったが、何故か不良学生には目立っていた。

じろじろ見ていると、顔の近くに寄ってきておい、お前生意気な顔をしているなとか、目付きが悪いとか、ガンつけたとか、何故か彼らには気に障る存在であった。

煙草を吸っている者もいる。やっぱりピースだよなと言う声が聞こえてくる。

一年生は、学力テストが入学して一ヶ月後に行われる。このテストで大体自分の位置がわかる。

ジョーが入った高校の学生達は、皆中学ではトップクラスでありこのテストで自信を無くす者も出てくる。

ジョーは、初めて自分の程度を知らされ愕然とした。中学生ではいつも優越感にひたっていたが、三百人中六十番であった事を知らされた。やはり上には上が居る。

テストの結果担任の先生は、こう話した。

「君達、自分の程度が分かったかな、この学校は進学校だから、思ったより悪かった者、良かった者もいるでしょう。悪かった者は、勉強して頑張ってもらいたい。辛いのは三年間だよ、一生の内でたった三年間我慢するだけだ」

この三年間と言う言葉は、ジョーには想像出来なかった。たかが三年か、それなりにみな頑張ったとしても、そのままで行くかも知れない。

結果の発表は、親にも届けられ、母は知っていた。

「おい定どうした。自分の成績が悪くてがっくりきたのかな？　中学では余り勉強などしなくても良かったよね。それに溺れていい気になって居たのでしょ。まあいい薬だわね、悔しかったら勉強しないとね、そうすればお前は必ず上に上がるよ、お父さんもそうだと言っていたよ」

そして、こう言った。

「たった三年間だって」

「あら、先生もそう言ったの、一生の内でたった三年と」

「お母さんは、若い時高校の教師をしていたから、そう生徒達に言っていたのを思い出したのだ、きっと担任の先生の口癖だろうね」と母は笑った。

通学の電車で勉強している生徒を見て、ジョーはあそこまで俺はしたくないと思っていた。俺はガリ勉は嫌いだし、何か好きな事をやりたいと思っていたのである。

ある日通学の電車で同級生と椅子に向かい合い座って本を読もうとしていた時、途中の駅から一人の女生徒が乗ってきた。他の席にはお喋りしている女生徒達もいたが、そこには行かずジョー達の脇に立って文庫本を開いて読み始めた。停車駅で一人の乗客が降り席が一つ空いたので、定は、どうぞ空いてますからと誘うと、すみませんと言い静かにジョーの隣に座った。

一瞬ジョー達は、横目で女生徒を見ながら、話は止まってしまった。ジョー達にして見ればかなりの美人で心がときめく程の可愛さを感じたのである。

友達の男は、

「おい、定お前は、何の本を読んでいるの？」

「これかい、これは月と六ペンスと言う小説だよ、母が若いころ読んでいた文庫本が家にはいっぱいあるから、変な題名だから読んでみたいと思っただけだよ」

「どんな物語？」

「うーん、ポール・ゴーギャンと言う画家の過酷な生き様かな、と母は言っていた。母も昔画家を目指していたらしいんだ」

それを横目で聞いていた女生徒は、「あのう、それ読み終わったら私に貸してくれない」

と小さい声で言った。

「ああ、良いよ、もう少しで読み終わるから、ところで、君は何を読んでいるの？」

「これ、島崎藤村の破戒と言う小説よ」

「破戒？　難しい本だろうね、俺らには無理だな、頭が良い人しか読まない本の様だね」

「そんな事無いよ、同和と言われた少年の事を書いてあるの」

「なんだいその同和ってのは？　そういえば家にもあったかも知れないな」

女生徒との会話を初めてした定は、もう胸が痛くなり破裂寸前だった。

その様子を見ていたあの不良な男子生徒は近寄ってきて、じろじろと威嚇するような眼で見ていた。

この女生徒は、県立の女子校に通学していた。男子生徒たちの憧れのマドンナであったのだ。

それを馴れ馴れしく話しているジョー達が面白くなかったのである。

彼女の名前は、星野五月と言った。名前までマドンナの様だ。

彼女の帰りを待ち伏せして電車を待って乗る奴もいる。話す事もしないで、ただ見たいと思うわくわくする気持ちがそうさせていたのだろう。

ジョーは、帰りにたまたま一緒になる時がある。彼女も定に話しかけてくる。

電車の椅子が空いていれば、向かい合わせに座る時もある。

「これ、読んでみる？」

「この前の本ね、有難う借りるわ、家に本がいっぱいあると言ったわね、羨ましいわ、行ってみたいな、だめ？」

「ああ、良いよ、だけど俺の家はお寺だからな、びっくりするぞ、母は坊さんで怖いぞ、不良だと思われるかも知れないな」と笑いながら言った。

「お母さんが坊さんなの？　私、お母さんにも会いたいな」

「構わないけど、怒られても、俺は知らないよ、いや俺が怒られるかな」

「私怒られてみたい、私余り怒られたことが無いの、今度の日曜に行ってみたい」

と彼女は言った。ジョーには全く信じられない言葉であった。

この女ほんとに来るつもりだろうか？　なんて図々しい女なんだ？　と興奮していた。

そんな会話して、彼女は温泉駅から電車を降りた。後日まさか来るとは思わなかった。

母にこの事を話した。

「あら、来たいなら来ても良いよ、文学が好きなんだねその子、ジョー、お前その子が好きなの？　もう女の友達ができたの？」

「そんなんじゃないよ、ただ来たいと言うから良いよと言っただけだよ、お母さんに怒られても知らないよって、言ってやったよ」

ジョーも年頃になり、異性に興味を持つのも当然の事だし、成長しているなと顕子は自分と比べて感じていた。ああ私も年を取ったのだわ。

好き勝手に生きてきて、もう此処に来て何年？　住職も後何年？　何故か日時が過ぎる速さを感じ空しさを感じていた
ジョーは、本当にこのお寺を継いでくれるだろうか、継がなくて良いなんて言ってしまったのに、でもジョーは継いでくれる。喧嘩しても好きな恋愛も許してやろうと思った。


定は、一度柔道部に入ったが何故か迷っていた。学校の帰り空手道場の建物が目に入った。柔道は、攻めるもので、空手は守るものだと勝手に解釈して、そうだ俺は攻めるのは好きだが、守る方も好きだと考えた。

喧嘩をしても、自分から先に手を出したことが無い、やられたらやり返す、これだと思った。

迷いなく早速門をくぐった。

師範代と思われる男が出てきて、やめなさいと言われた。喧嘩に強くなりたいと思ったのだろう。

師範代は、定の学帽と服装を見て、「君はあそこの生徒だな、何故入りたいと思ったのだ、喧嘩に強くなりたいのか」

「いえ、そうではありません、柔道部に入りましたが、攻める柔道しか教えません。

強くなるには息が切れるまで練習をしなければなりません。それよりも私は守りを覚えたいのです」

「あのな、空手にも攻めはあるぞ、君は喧嘩をしたことがあるか？」

「あります、しかし自分から先に手を出した事はありません、危ないから相手をやっつけた事はあります。先輩や同級生に大勢でやられた事もあります。その時は怪我して病院に行きました。母は、学校には言いましたが警察には届けませんでした」

「どうして喧嘩になったの」

「分かりませんが、顔が生意気だとか、態度が気に入らないとか言われました。だから自分を鍛えるために喧嘩をしないために自分や周りを守ってやりたいと思ったのです。駄目でしょうか」

定は、自分でも良く言えたと思った。

師範代は、

「君は勘違いをしている様だ。空手の攻めは、相手を静めさせる事だ。悪く言えば相手を殺すに繋がる。それほど怖いものだよ。それを解っているなら入門を許可する。そこまで言ったのは今まで君一人だ」

定は、母にそのことを伝えた。

「なに、空手を習いたいだと？」

「そうだよ、自分を鍛えるためにな、自分から手を出さないためにも守るんだよ、その入会用紙に書いてあるよ、喧嘩をしない、喧嘩をしたら警察に連絡して罰を受けるって書いてあるから、承諾書に親の同意とハンコを押してよ、それと入会金を持って、申し込んでくるから」

「こら定、母さんは、学校の部活には賛成するけど、なんで空手なの、空手は武器なのよ手を出したら、警察よ、そしたら学校は退学だよ」

「知っているよそんな事、喧嘩しそうになったら逃げるのかい、俺は嫌だね、逃げる前に相手を諦めさせるんだ」と言う定の持論だ。

こうして定は入会することが出来た。

週に二回と言う事で、それ以上来ても良いと言う条件だ。

星野五月がお寺に来たのは、土曜日の午後だった。まさか来るとは思っていなかった。

学生服姿だった。

父が居て、母は法事の帰り公民館に廻ると言っていたから何時に帰るか分からないと言った。五月は、父のにこにこしている姿を見て、これが定君のお父さんなのと思った。確かに老人である事に間違いは無い。見た目でも人の良さが分かった。

母が帰ってくるまで、ジョーは本堂を案内し境内も一緒に歩き説明していた。

「これが須弥壇、これが天蓋、貧乏な寺だから安物だよ」

母が車で帰ってきた。

「住職が電話で、早く帰ってこいと言うから何事かと思ったよ、定、この子は何処の子？」

「前に話したべ、星野五月さんだ、母さんの本を見たいと言うから今日来たんだよ」

五月は、母の法衣を着ている姿を想像していたが、怖い感じはしなかった。

「すみませんお母さん突然押しかけて、私お寺を見たかった事と、お母さんが本をいっぱいもっていらっしゃると定君に聞きましたので、見せてもらいたくて来ました。迷惑ならすぐ帰ります」

「何言っているの、どうぞ見てってください、どうせ定は読まないから、好きなだけ持って行って」と言い落ち着かせた。

「まずはお茶でも、いやジュースでも飲んでからにしましょう」

と言い住職のいる茶の間に連れて行った。住職がにこにこしながらいらっしゃいと言った。

「お寺は初めてなのかな」

「いえ、じいちゃんの葬式で一度行ったことが有ります」

と正座して挨拶した姿を見た顕子は、この子は、しっかりした子だと感心した。

五月は、温泉の星野ホテルの娘だと言った。

「五月さん、ジョーみたいな馬鹿者と友達になってくれてありがとう、両親に知れたら大変でしょう」

五月は口で笑いを抑えながら、

「ジョーさんは良い人です。実家がお寺とは思いもしませんでした。私の父や母も兄も仕事で忙しく、私が何をしようと眼中にない様です。私の好きな様にさせているんです」

「そうなの、五月さんは独りで寂しいんだね」

「今は慣れました、その代わり絵を描いたり本を読んだりしているのが楽しいんです。今度絵を持ってきますから指導してくれませんか」

「あら、絵が好きなの、何時でもいらっしゃい見てあげる。そしたら此処で絵を描いても良いよ」

母は、喜んで本を置いてある物置に案内し、好きなだけ持って行かせた。

帰りの電車が丁度いい時間のがない、じっとしていない母は彼女の家まで車で送って行った。

夕方のホテルは忙しいだろうと、玄関口前で五月を降ろし帰ってきた。

一年が過ぎあの不良男は三年生になり、子分達を従いてますます定を睨み続けた、何時か喧嘩を売って来るなとジョーは感づいていた。

また、星野五月と付き合っていると言う噂も広がった。

期末テストで四十番まで上がっていた。

空手は、休みなく続いて大分上達したと言われた。

「喧嘩したいか？　何となくそう見えるぞ、したら即首だぞ」

師範代からまた言われた。まだそう見えるのだろうか。

授業が終わり、駅まで歩いて行く途中、あの不良達に止められた。

「おい、そこの公園まで顔かせ」

「顔は貸せないな、俺は帰るんだ、そんな時間はないよ」と振り切り駅に行こうとした。

しかし三人では抵抗出来ない、無理やり連れて行かれた。

「お前な、俺たちのマドンナと付き合っているではないか？」

「付き合って悪いか、間違ってもあんた達とは付き合わないだろうな」

ジョーの言葉は、彼らにとって致命的な言葉であり屈辱であったのだ。

三人の不良達は、ジョーを押さえこもうとした時、咄嗟に逃げ駆け足で駅まで走り電車に乗った。三人は追いかけてくる様子も無かった。何時かは捕まるだろうと思っていた。

三日後帰りに偶然星野五月と一緒になり駅に向かっていると、不良達が公園の前で待ち伏せしていた、そして公園に連れて行かれた。

心配そうな顔で星野五月もついてきた。

「あのな、おい、この前なんで逃げたんだ」

「あんたらに構っていられないから帰ったんだよ、逃げたんじゃない」と言い、

「五月さん早く駅に行って」

　と帰させ様としたが、五月は、おどおどしながら立っていた。

　すると、一人がジョーの襟をつかみ殴ろうとして掛かってきた瞬間、ジョーは腕で強烈にはねのけ、足を払った。男は見事に転んだ。次にもう一人の男がボクシングの構えで、何度も掛かってきたがこれは正拳で払いのけ押し倒したのである。

「五月さん早く駅に行って」

　と声高く言い行かせた。彼らは何度も襲いかかってきた。三人で掛かられたら、ジョーでも防御しようがない。ジョーは一瞬の隙を見て逃げた。駅に着くと彼女が電車に乗らないで待っていた。

「どうしたの、あら鼻血が出てるわ、唇も切れている、大丈夫?」

　と言いハンカチを差し出した。

「大丈夫だよ、このくらい、電車に乗らなかったの」

「だって、心配だもの、帰れなかった。あの子達いつも私の後を付いてくるのを感じていたの、気味が悪かったわ」

「そうだったの、俺が五月さんといるのが気に入らないそうだよ、あの馬鹿な奴ら、だから知らんふりして話さない事だね、危ない時は逃げてよ」

「そうする、でもまた仕返しに来ない？」

「来るだろうな、作戦を変えて来るかも知れない、そしたら今度こそコテンパンにやっつけてやるよ」

「喧嘩はやめて、怪我したら大変でしょう」

「やめるよ、でもかかってきたらはね返す、我慢出来るまで」

彼らは、一時間待ったこの電車には乗らなかった。辺りは暗くなっていた。

家に帰って、母に喧嘩をした事がばれてしまった。

「あら、ジョーまた喧嘩してきたの？」

「ああ、してきた。でも逃げてきた」

「殴られたの」

「少しね、三人だから防ぎようが無かったから隙を見て逃げたよ、星野五月さんと帰り一緒だったから、生意気だと言われ公園に連れて行かれ襲われたんだ。五月さんは先に帰したよ」

「困ったものだねえ、その男達は同じ高校かい」

「いや私立高校だよ、不良な奴らだ。母さん俺はそんなに生意気な顔をしているかい、彼らはそう言うんだけど」

「そうね、そう見えるんでしょ、でもそれで良いんだ、定はジョーだから」

顕子は、深いため息をついて、私の子ジョー、大人しくしていてよ。そう思わずにはいられなかった。ジョーは、空手道場が無い時は、まっすぐ帰って来た。庭の紅葉の木の脇に土を掘って厚い板を建て、縄をぐるぐる巻き拳の突きを始めた。買ってもらった空手着を着て夢中で型の練習をしている。

腕はかなり上達してきた。師範代から試合に出ろと言われた。県内の空手連盟が年に何回か行われる。でも初戦で敗れた。悔しかった。まだまだと思った。

師範代から、

「お前なあ、獣の様な目付きをしている。目付きを変えろ。何かに飢えている様な目付きだ。もっと優しい目付きで真剣な目付きだぞ」と言われたが理解出来なかった。

母に、そのことを聞いた。

母は、「お父さんの様な目になったら、優しくて穏やかでいつもニコニコしているよ。それでいて言うべきことは言うよ真剣に。お母さんの様に怒る時は怖い目になるのは、まだまだ修行が足りないんだね」と言った。

ジョーは、鏡に映る自分の顔を見て父の様な目をしてみた。無理だなと思った。

この自然がいっぱいの田舎に育って、それで野生動物の様な目をしているの？　何を間違えたの、もしかすると和歌山の血筋が入っているのかな。顕子はふと思ったのである。

否、そんな者はいない。

日曜日、ジョーは空手の練習をしている時、星野五月が父と一緒にお寺にやって来た。

安邊定の実家を見たかったのだろう。

背広姿で半分白髪の父はジョーを見つけ「君がジョー君かい、空手を習っているの」

「はい、五月さんのお父さんですか、初めまして安邊定です。ようこそお出で下さいました。有難うございます。父も母もおりますから、どうぞお入り下さい」と挨拶した。

五月は、自分の絵を持ってきたらしい。

奥座敷に案内した。五月の父と五月は、父と母に挨拶すると、

「安邊さん、ジョー君は良い息子さんだね、挨拶を聞いて感心しました。今時の高校生ではろくに挨拶などしません。感心しています」

「なあに、口だけは達者なんですよ、星野さんの五月さんは大人しくて優しくて上品で羨ましいです。びっくりしたでしょう、こんな吹けば飛ぶ様なお寺なんですよ」

「五月から聞きましたが、不良の学生をやっつけたと、怪我したそうで、大丈夫でしたか」

母の脇に座っていたジョーは、

「はい大丈夫でした、僕は空手を習っていますから喧嘩は出来ないんです、こ

やりません。

の手は凶器なんです、だから払い除けるだけです。やれば簡単に倒せますが、
　母からも師範代からも絶対止められていますから」

「精神の鍛練ですね、立派だよジョー君は、お母さんお父さん、立派な後取りが居て安心ですね」

「さあ、どうですかね、私らはジョーに任せております。継いでくれるのは嬉しいですけど、継いで貰わないと住職に申し訳ない」

　そう言う母は、ジョーの顔を眺めながら言った。

　ジョーはこの前借りたハンカチを返した。血が落ちなかったので買ってきました。すみませんでした。と恥ずかしそうに五月に渡した。

　五月は、良かったのにと自分のポケットにしまい話をそらして、

「この前借りた本を持ってきました、有難うございました」

「あら、返さなくても良いのに、あげると言ったでしょう」

「でも返します、また別の本を借りたいと思っています。それと私の描いた絵も見てください」と言い、ジョーと物置に行った。

星野氏は、座敷に掛けてあった絵を見て、

「これは良い絵ですね」と言いじっと眺めていた。

顕子は他の絵も見せた。その中には田島祇園祭の花嫁行列、子供歌舞伎屋台引き回しの絵、そして現在描いている絵も見せた。

「美大を出たそうでさすがですね。

当ホテルのホールに掛けたいくらいです。一つ売ってくれますか」

「どうぞどれでも持って行って下さい、額が無いですから適当に作ってください。その額入りの絵は、私が和歌山に居た時に描いたもので、県知事賞を頂いたものです。

でもね、私は満足出来る絵は一つもありませんでした。ただ時間が有るときだけ好きで描いているんです。時間を頂けるなら、要望の絵を描いてあげますが、何時になるか分かりませんが」

「じゃーそれまで、この絵を頂いて行きます」と言い金は後でお届けしますと言ったが母は断った。

顕子は、五月の持ってきた絵を眺め、描きたい気持ちは分かるが、思う様に描けないで迷っている感じに見えた。

五月が戻ってきた。

「お母さん、私の絵下手でしょう」

「そんな事ないよ、五月さんの性格が出ているわね、決して下手では無いよ、はっきり言うよ、あのね、絵は、光と影を描けたら上手になるよ、この絵はそれが少しはっきりしないね、それと遠近感をはっきり描けたらもっと上手くなるよ」

ジョーは、傍で見ていて「お母さんそれはひどいよ、そんなに言わなくて良いんでないの」と五月を援護した。

「ジョーは黙ってなさい」と母に一喝された。

「あのね五月さん、絵は最初にデッサンから始めるの、例えば自分の左手を描く時にね、じぃーっと見つめて描いてごらん、全く同じく描けるよ、リンゴや果物も近くで見て描いてみて。自分でもビックリするほどそっくりに描ける。風景も同じ、じーっと見ていると色も影も見えてくる。だから何度も描くことね、展覧会に行くのも参考になるね。抽象画はやめた方が良いよ、おかしくなるから、五月さんには合わないわね、私も嫌い。五月さんは絵が上手になるよ、素質があるもの」

と顕子は後押しした。

「私来て良かった。有難うお母さん」満面の笑みを浮かべ父の顔を見ていた。

五月の父は、

「お母さんお父さん実は、高校生の男女が付き合うなんて不謹慎だと思っていました。止めてもらおうと来たのですが、それは間違いでした。許してください。五月がこんなに生き生きした顔を見たのは子供の時以来です」と深々と頭を下げた。

「お父さんの言う通りです、心配ですよね、ジョーにも同じこと言いましたが、俺はやましい事は無いと言うので半分許していました。私が監視しますから許してください」

と言い深々と頭を下げた。

大分長居しましたと言い、星野氏は大きな絵を車に載せ帰って行った。

「お母さん少し言い過ぎでは無いの」と父は静かに言った。

「そうね、教師の癖が出てしまったみたいだね」と笑った。

それから何度か星野五月はお寺にやって来た。いつも嬉しそうだった。父と仲良くなり父も楽しそうだ。

しかし、あの不良達は、ジョーを懲らしめるために色々と作戦を練っている様だった。

空手をやっているのを知っていたから簡単には勝てないと思っていたのだろう。

通りすがりや電車でも、睨め付けるだけで、何時か見てろ、と吐き捨てる声が聞こえる。

田島のジョーと聞こえた。この俺が、田島のジョー？

思わず笑ってしまった。

二年生の秋、三年に一度の文化祭が行われる。一年生から三年生までクラスごとの催しは仮装などの抱腹絶倒の仮装行列もあり、小学生向け参加型実習もある。

また、真面目なクラスが、教室に黒幕を張り自作のプラネタリウムを季節ごとの星座に合わせて説明する姿は、学生らしい。

また、保護者や女子高生を呼ぶのも大事である。

ジョーは、クラスには混ざりたくなかった。そんな時クラスの中に、音楽好きの佐川浩司と言う男がいた。彼は市内の佐川医院の次男であった。

彼は、音楽が好きで、今は不良の代名詞のエレキギターに凝っている。

ジョーは、興味はあったが、彼に文化祭で、演奏会をやらないかと誘ってみた。彼は大いに乗り気になったが、「少なくとも三人は居るぞ、一人はエレキギター、一人はドラム、もう一人はベースギターかな、否エレキでも」と佐川は言った。

「ドラムはジョー君、調子に合わせてシャンシャンバタバタと打てば何とかなるよ。もう一人誰か居ないかな、女は居ないから、タンバリンなら誰でも打てるな」

果たして、この企画、生徒会の許可が得られるだろうかと思ったが、そこは田島のジョーだ。条件付きで下りた。

ボリュームを下げる事が条件であった。もう一人の男が見つかった。後藤茂と言う男、彼もビートルズが好きでギターを持っている。この三人にしよう、時間が無いから練習は佐川医院ですることになった。佐川の兄貴の指導を受ければ早いと思ったからだ。

彼の家にはすべて揃っている。アンプ、スピーカー、ドラム、それも一級品ばかりだ。

ベンチャーズとビートルズにすることを決め、一夜漬けのぶっつけ本番の様な物であった。何日か練習して、少しは形になってきた。

当日の朝早く、後藤は実家の工場から人を借りベニヤ板二十数枚、佐川の医院から演奏機器、道具一式を載せ校門右奥の松林に三人でセットした。

何故此処かと言うと、いつも空いていると言う事で静かにやれば良いだろうと言われ許可を得たからである。

浄化槽の上にベニヤ板を敷き、電源は浄化槽の電源から引いた。

少し臭い気はしたがベニヤ板を敷いて広く感じるステージは出来た。

本当は体育館のステージで堂々とやりたかったが、不良な音楽には貸さないとはっきりと断られたのである。

三人で、音合わせをして準備出来たぞと佐川は言った。オープンは九時半だろう、それと同時に演奏しよう、皆びっくりするぞとジョーは言った。

音合わせに時間が掛かり丁度十時に演奏が始まった。ベンチャーズのテケテケテケテケジャジャジャァーンと大音量で始めたのである。

会場はびっくりし大騒ぎになった。塀越しに覗くもの、何事が始まったのかと入って来る者が大勢いた。また生徒達も、おお、へいへい、やれやれやれと煽ったのだ。

ますます調子に乗った三人は叩き続けた。もう誰も止められない、先生達も只笑って止める気配は無かった。

一回目は二十分で終わった。これ以上は持ち分も無く出来ない、次の演奏は十一時半から始めますと司会担当のジョーが言った
このあたりの口上はジョーの得意とするところである。

さあさあ、みなさん、不良軍団がやって来ました。エレキギターは不良がや

る者なんて誰がいったのかな？　ベンチャーズもビートルズも不良ですか、日本のグループサウンズは少し不良、私らは善良な不良、次回開始時間は十一時半です。ご期待ください。私らのバンドでエレキギターを弾きたい人は歓迎します。また歌いたい人も歓迎します。

十一時半になり、ジョーの口上から始まった。演奏させてくれと言う一人の男が突然エレキギター取り上げて弾き始めようとした。プロのミュージシャンのようにも見えた。

いいかいベンチャーズはこう弾くんだよと言い、目の覚める様な演奏を見せた。

ダイヤモンドヘッド、朝日の当たる家二曲であった。

彼ら三人はあっけにとられ茫然としていた。観客は大いに満足してもっともっと弾いてくれと大喝采であった。二曲弾くと彼は、また来るわと言い立ち去った。

佐川は、あれ俺の兄貴なんだ。この学校の先輩なんだよ、俺は何をしても兄には勝てないんだ、また良いとこ見せようとして来たんだよ。今医大に行って

いて仲間とバンドを作っていて町のクラブでやっているんだよ。と言う。負けていられないジョーは、

「さすが上手だねー、どうだい皆今度はビートルズで行くぜ、茂だね、彼の得意とする歌で、レット・イット・ビーなんてどうかな。一緒に歌いたい方はステージの方にどうぞ」と案内する歯切れの良さはやはりジョーだ、「私らのバンド名を紹介しよう、俺はドラマー田島のジョー・エレキはドクター浩二・ギターはアイアンの茂、この三人でホワイト・タイガーズ、いい名だろう、本当は白虎隊とつけたかったが人数が少ないし恐れ多いと思ってホワイト・タイガーズだ、宜しく」

と言うと、大音量と共にビートルズが始まったのである。これも大拍手であった。観衆も増えてきた。我が校の生徒だけでは無い、女子高生も居る、あの憎き不良男児も見えた。

ジョーは、「今度の曲はベンチャーズ作曲の京都の恋だよ。誰か歌ってくれる女の人は居ないかな。二人でも良いよ、せつない恋の歌だよ」

ジョーはそう言って探していると二人組の女子生徒を見つけた。何と一人は

あのマドンナだ。ジョーは自分の恥ずかしさに気が付いていたが、何としてもここで女子生徒に歌わせかったのだ。マドンナは他の子に手をひっぱられいやいやと上がって来た。

演奏はドクター浩二、ドラムはジョー、ギターはアイアンの茂、この歌は、渚ゆう子が歌いヒットした歌だった。二人の歌は意外と上手に聞こえた。マドンナの歌を興奮して聞いた。其処にまた佐川の兄がやって来た。良い所をすっかり持って行かれた。

こうして彼らのショーは終わり彼らの学園祭は終わった。他のものは見ないで終わった。来客数は過去最大と言われた。ホワイト・タイガーズの功績は大きい。

散々批判されたが彼らは満足だった。田島のジョーは此処では有名になった。

それから他の高校の学園祭に呼ばれたが一切断った。

地方新聞には、伝統ある高校の学園祭でビートルズとベンチャーズを演奏と写真入りで載った。

母も父も「これお前達か？　これお前だな」と母は笑った。

「そうだよ、佐川医院の息子と、後藤鉄筋の息子だよ、皆不良では無いよ、皆頭が良いし真面目だよ、頭の悪い奴は音楽は出来ないよ、どうしてバンドをやる奴は不良と言うのかね、佐川君の兄は医大生で医院を継ぐんだって、わざわざ演奏に来てくれてすごく上手だったよ、俺尊敬しちゃった。星野ホテルの五月さんも歌ってくれたよ、すごく可愛かった。スターの様だったね」

顕子は、ジョーは少し大人に成ったなと感じた。今が一番楽しい時なんだろう。

「来年は大学受験だよ、もう悪ふざけはやめて、悔いのない様に勉強しなくては」

ジョーはその言葉には抵抗感があった。後を継ぐと言う事だった。坊さんになるための大学に行けばなる事が出来る。母の様に父に主従しても成れる。

母の様に更に自分から修行して、女でありながら坊さんになった。尊敬出来る母であった。そんな母が、坊さんになってお父さんの後を継げとはっきり言わない、当たり前だと言っている様だ。何という母だろうか。

ジョーにはまだお寺を継がなくてはならないと言う意識は、固まってはいない。

毎日お経をあげ葬式なんて、俺には出来ない、なんで俺がしなければならないのだ、先が決められているなんて悲しいよ、俺だって他の友人の様に自由に生きたいと考えていた。勉強に身が入らない日々が続いていた。

あれから暫く過ぎ、ジョーには耐えがたい事件が起きた。

土曜日の三時頃学校に警察から電話があった。安邊定と言う生徒は居るかと言う問い合わせであった。ジョーは帰る途中空手道場に寄り師範代と次の大会の選手の事で打合わせをしていた。それから家に帰った。家に帰ると県警のパトカーが山門の下に止まっているのが見えた。

なんの事かと眺めながら山門を潜ると、一人の警察官が、はい、ジョーが帰ってきました、此方で確保しますかと言う声が聞こえた。

警官たちは逃げられない様にジョーを囲い、その中の一人の警察官は、「君はジョー君か？　田島のジョー君だね」と睨め付ける様に言った。

「はいジョーですが、田島のジョーとは噂では聞いているけど、誰が言ったのですか？」

「あんたの仲間でないの、ところで今日の午後一時半から三時ごろまで君は何処に居た？」

「俺は空手の道場で一時四十分から三時過ぎまで師範代と次の大会の出場選手とメンバーを打合わせしていました、師範代に聞いて下さいよ。私がまた何かをやらかしたと思って来たのですか」寄って来た母に「母さんもそう思ったの、俺はくだらない喧嘩はしないよ、前回の喧嘩でも俺は悪くなかった、誰かが俺を陥れるために仕組んだんだよ、警察の人達も誰かの言う事を聞いて来たのでしょう」

ジョーは道場の会員証を警察官に渡し、「此処の師範代に聞けば分かりますから、聞いて下さい」と手のひらに渡した。警察官は早速確認を取りジョーでは無かったことがわかり、急に態度を変えた。

「この事件はジョー君ではない様だね」と言い警察官が引き上げようとした時母は、

「待て待て、警察達よ、どやどやと押しかけて来てジョーは居るかなんて、それが警察官か？

　間違えたと判れば黙って帰るだけかね、ちゃんと謝って事の次第を説明して行ったらどうなの、私は黙っては引っ込めないわよ、ジョーも大人だから分かるまで説明して下さい」

　さすが母だとジョーは思った。ジョーが理屈っぽいのはこの母の影響が大きい。

　話はこうだ、本日一時半ごろ大川の河原で女子高生に暴行事件があり、それを目撃して警察に通報してくれた人によれば、男が三人、女子高校生とみられる女子一名を河原で乱暴していたらしく、大声で悲鳴を上げているのを近くを散歩していた人が警察に通報した。警察が来て彼らは逃げたが、彼らは、田島のジョーと叫びながら逃げ、暴行を受けた彼女は、警察に保護され医師の診断を受け治療して家まで送られたと言う。

　どうやら彼女は彼らに無理やり誘われたみたいで、上着、シャツ、スカート、下着まで破かれ、手と足首に怪我がある程度で大事に至らなかったらしい。女子生徒の名前は最初言わなかったが高校生の星野五月十六歳と話した。

五月は不良達の名前は言わなかった。恐らく脅されたのであろうとジョーは思った。

彼らは憎っくきジョーの名前を叫んだのはジョーの仕業に見せたかったのだろう。

ジョーはすぐにあの不良達の名前が浮かんだ。まさか？

ジョーは頼りない警察官に、星野五月さんが、誰に呼ばれて誰に連れて行かれたか確認してきてほしいと頼んだ、女性の警察官なら話すだろうと思ったからだ。

警察官もそれは分かっていた。落ち着いてから聞き出そうとしていたのだ。

警察官は、ジョーと言う男に暴行されたの？　としつこく聞かれた五月は、

「違います、ジョー君ではありません」

「じぁ誰、知っている人？」

五月は絞り上げる様な震える声で、例の悪ガキたちの名前を言った。

それは見事にジョーの思った事が的中し、やはりあの奴らの二人だな。

もう一人は社会人らしく車を持っていて彼女を乗せる役目だったらしい。

五月は最初断ったが、河原で田島のジョーのバンドも来ているからと無理やり車に乗せられ、それならと思い乗ってしまったとの事だった。河川敷に着いたとたんに手と足をつかまれ、洋服を破られ兎に角必死に声を上げ抵抗している所を、河原を散歩していた老人が警察に通報した。

老人は止めなさいと何度も叫んだが、暫くして警察のパトカーのサイレンが聞こえた時、悪ガキたちは慌てて逃げた。

逃げる時ジョー、田島のジョー逃げるぞと叫んだのだ。

その日警察からそれを聞いたジョーは全身の震えが止まらなかった。奴らを叩きのめしてやると心に叫んだ。

そして、作戦を立てた。警察は必ず明日彼らの学校に行くだろう。その前に彼らに脅しをかける事だ。

一つは彼らが二度と立ち上がれないに撲滅する事。

二つ、彼らの様な不良を野放しにしている学校に抗議する事。

朝、これら二つを書いた書状を持って彼のいる私立の高校に向かった。

朝礼が終わりかけた校庭の演台の前で、書状を右手に掲げ大きな声で、

「私は会津校二年安邊定と言います。訳あって貴校にお願いがあって参りました。どうか校長先生にお話ししたい義があり参りました。なにとぞお話を聞いて下さい」

と大きな声で叫んだ。実に無鉄砲なジョーらしい行動であった。これがジョーの正義感なのだ。

すると、何事かと教頭らしい人が出てきた、どうか静かに静かにと言い帰れと言わんばかりであった。

「校長に会わせて下さい、それと橋本恒夫君と鈴木守君と言う生徒にも会わせてください、兎に角会わせてください。駄目なら私から行きますから」と強引に言った。

教室の窓から生徒達が顔を出して、田島のジョーだと叫ぶ声が聞こえた。観念した教頭は校長室に案内した。

さすが私立学校の校長室は立派だ。

「君は元気があって頼もしいね」

と見下した様な言葉で言った。

「何、あの二人が問題を起こした？」教頭もこの二人の生徒には手を焼いている様に見えた。

教頭は「あの子らは何かしでかしましたか？」

「女子高校生暴行事件です。恐らくそのうちに警察が来るでしょう」

「何故あなたが知っているの？」

「私の知り合いの子が暴行されたのですよ、橋本と鈴木って言う生徒と他の仲間の一人が、私の名前を騙ったのです。恐らく補導され生徒の学校の名前が出るでしょう、だからその前に私に会わせてください、彼らを叩きのめしてやりますから校庭を貸して下さい。警察に出頭するように説得しますから、今日来た理由はそのためです。

または、校長が説得してくれますか、その方が良いと思います」

そわそわし落ち着きの無い教頭は、「校庭で喧嘩させるわけにはいきません」

「校長私がそちらの方やりますよ、彼らは退学に値します、今まで同じ様な事件を起こしその度に校長は駆けずり廻ってきたでしょう。この辺でけりを付けましょう」と、校長に進言していた。

ジョーは出しそびれた書状をテーブルの上に出した。

「これは私の気持ちを書いたものです」少し間の悪さを感じていた。

しばし読んでいた校長は、

「教頭先生、彼らを呼んできて下さい」と指示した。

「ジョーさんに此処であの二人を渡す事は出来ません、当校の生徒ですから、それから二人の親達を呼んで学校の考えを伝えます」

ジョーは「私は彼らを絶対許しません、彼女に謝ってもらいたいし、それなりの罰を受けてもらわねばなりません」とジョーは興奮しながら言った。

話している時、窓下に警察のパトカーが止まるのが見えた。暫くして彼ら二人はパトカーに乗せられ校門を出た。後にもう一人の社会人の男も捕まった。

その後彼らは、退学処分となった。新聞にも出た。でもジョーには不満が残った。

そうなる前に彼らを正義の鉄拳でやっつけたかったのだ。

しかし、星野五月のショックの大きさは相当のものであったはずだ。それはどれほどのものか、ジョーには想像出来なかった。白い可憐な百合の花を泥足で踏み付けた様なものだ。彼女に会ったらどの様な言葉を言ったら良いのか想像も出来ない。

　彼女は暫く登校しなかった。

　登校を始めたのは一ヶ月も過ぎて、手の痣や傷が消え心が落ち着いてからだった。

　ジョーは無性に彼女に会いたかった。近くまで言ったが足が止まった。何と話したら良いのか言葉は見当たらないからだ。

　ジョーは、母に此処までの出来事の経緯を話した。彼らに復讐をすることを話すと、母はこう言った。

「何だお前、彼らを叩きのめして復讐をしたいのか？」

「そうだよ、これまで散々嫌がらせを受けてきたから奴らを許せない、星野五月さんが可哀そうではないの、暫く学校にも行かないでいるみたいだよ、母さんはどう思う、俺は奴らを許せない、星野五月さんの仇を討つんだ」

「でもお前が敵を討って五月さんが喜ぶかい」

「じゃーお母さんはどうするの、黙って居ろと言うの？」

母は「仏教の言葉で悪人と言うのは、天罰覿面《てんばつてきめん》と言う言葉がある、悪事の結果が立ちどころに現れ、その報いとして天罰を下すとある。人が天罰を下す事ではない」

「悪人の彼らは、退学と言う天罰を受けたではないか、それに、人に見放され行く末も哀れな人生を送らなければならない、それだけで十分ではないか、彼女の心の傷は徐々に治るよ、お前が事を起こすのはやめなさい」

ジョーは、何も言えなかった。

「ジョーがそんなに五月さんが心配なら、母さんが五月さんに会って、いや電話して、絵を描きに気が向いたら来なさいと言って、ゆっくり話してみようか、きっと立ち直れると思うよ、彼女はしっかりしているから」

「そうしてよ母さん、母さんなら安心だから」

こうしてジョーは少し落ち着いた。

五月の心の傷は、そう簡単に治るものでは無かった。悪夢に魘され三日間は眠れなかった。両親もどうしたら良いか腫れ物に触る思いだった。

母が五月に会って、何も言わず抱きしめた。そしてこう言った。

「辛かったねー、悔しいねー、この坊さんが助けてあげる。そして悪い奴に天罰を下してあげるよ、だからお母さんとお父さんを困らせないで、元気にならなくてわね」

と更に強く抱きしめた。泣きじゃくる五月は、

「はいっ」と言い「お母さんごめんね、困らせて御免、私これから元気になるよ」

と言い母に抱きついた。

顕子は、

「ジョー君のお母さん、ジョー君は悪くないよ、怒らないで」

「ジョーにも少しお灸しないとね、いい気になって暴れるから」

その後五月は心の落ち着きを見せ、時々だった登校は毎日行く様になった。好きな絵も描き始めた。子供の時に買ってもらったピアノも弾き始めた。

暫くして、ジョーは偶然にあの悪ガキに会った。勿論学生服は着ていない。ズボンに白い二本の線が入った汚れたジャージー姿だった。ジョーを見た悪ガ

キは飢えた獣の様な目でジョーを睨みつけた。

「おうおい、お前のお陰で俺は退学させられたぞ」と寄ってきた。「お前が警察と学校に言ったんだってな」

ジョーも睨み付けて、「ああ、退学になったそうだな、天罰が下ったんだよ、悪人は天罰を受けるんだよ、俺はお前らを許せないし、天罰なんて甘いからな、お前らを立ち上がれない程懲らしめてやるとずうっと探していたんだ。正々堂々とけじめをつけたいと思ってたよ」

「ああ、良いじゃないか相手にしてやるわ、明日か明後日か、あの河原に来いや」

「ああ、良いよ、いや来週の水曜日の二時にな、お前一人で来いよ、暇なんだろ仲間を連れてくるのか？　お前一人では怖いから連れてくるんだろう、差しで話がしたい」

その日は、中間テストの最終日で午前中に帰れるからであった。

そう言ったジョーは、卑怯な奴らだ恐らく仲間を連れてくるだろうと思った。

ジョーの心は抑えきれなく興奮していた。母に話せば止められるのは分かっている。

これは、俺の正義だと思った。ジョーはなぜそこまでやろうとしているのか、彼女の為にだろうか、彼女の笑顔がジョーを乱しているのだろうか、好きで恋しているのだろうか、勝手にそう思い込んでいる。

彼女は喜ぶだろうか、どうか止めてと言うだろう。

でもジョーの憎しみは変えられないし、心が収まらないでいたのだ。後のことは考えずにいたのである。

当日の二時にジョーは例の河原に行った。案の定彼らは二人で待っていた。

暫くにらみ合っていた。一人は木刀を持っていた。悪ガキは何も持っていない様に見えたがズボンのポケットが膨らんでいる、恐らくチェーンを隠し持っていると思った。「やはりお前一人では無かったな、臆病者めが」

そう言うと木刀を持った男が前で構えて、後に回った悪ガキはチェーンをズボンから出してぶん回し始めた。

「卑怯だぞお前ら、一人ずつやろうではないか」と叫んだ。

喧嘩にそんな言葉は通用しない、体の動きで木刀を何とか除けたが、後ろで振り回すチェーンは除けられない、背中に何度も当たった。頭に当たり皮膚が切れて血が出てきた。

木刀を左の腕で避け、足の前蹴りで胸に当たると彼は後ろに飛ぶように倒れた。河原の石で腰と頭を打った様子で、ううっと言って起き上がらずうなっている。

チェーンは容赦なく振り回してきた。何度体に当たったか知れない、痛さは余り感じなかったが、ジョーは咄嗟に腕にからまったチェーンを引き付けて倒し腹部に拳を振り下ろし顔を思い切り平手で何度も殴った。彼はううっと言って立とうとしたが座り込んだ。

加減したつもりだが、彼には相当効いたのだろう。

ジョーの左腕は、大きく膨れ上がり痛さが増してきた。その場で立っていた時パトカーのサイレンがなり、警察がこらーそのままと言いながら走ってきた。

此処でもまた河原の堤防を散歩していた人が通報したらしい。

二人が倒れていたので、警察は救急車を呼んだ。

「君達喧嘩か？　どこの学生達だ、怪我をしているな、頭か？　血が出ているぞ」

「大したことは無いです、少し痛いだけです」

救急車が来て二人を運んで行った。

話は署で聞くから、さあ乗ってと言われ観念した様にジョーはパトカーに乗った。

「なんだ君、左腕を怪我しているではないか」

「はい、木刀を腕で受けました。多分折れていると思います。あとチェーンを振り回されたので頭と腕、背中を打たれましたから、少し痛いです」

警察は、ジョーの学生服が切れているのを見て、チェーンでやられたなと見て病院まで連れて行き治療させた。警察はジョーが空手道場に行っている事は知らない。

ジョーは左腕の骨折、頭と背中の傷は十二針を縫った。体じゅうの傷は十数カ所の処置となった。

その晩は病院に泊まれと言われ、ジョーは覚悟して泊まる羽目になったのである。

母に、何と言おうか、馬鹿者と言われるのは分かっている。警察は母に電話を入れた。しかし母は病院には来なかった。鉄格子に入れてくださいと言った。翌日腕にギブスを掛けられ二日後一時退院となった、警察の事情聴取でジョーは、ありのままを話した。救急車で運ばれた二人は、打撲程度で済んだと聞いた。問題児であった彼らは警察に親を呼んで厳重注意で帰したと言う。

事情聴取が終わり、警察は母を呼んだ。その帰りに母は、警察と一緒に作務衣姿に白い緒の井草履きの姿で病院に現れた。

「こら、ジョー、母さんの言う事を聞かないから、こう言う事になったのだよ、馬鹿だよお前は、これぐらいの傷は大した事ではないわ、もうしないと約束しなさい、気が済んだんでしょ、お前にも天罰が下ったんだわ、良くなったら学校に行って話してきなさいよ、お母さんは行かないからね、自分の事は自分で始末しなさい」

こう言うと、母は警察に深々と頭を下げジョーを連れて帰った。

翌々日ジョーは、包帯巻きの痛々しい姿で、痛さをこらえて担任の先生にこの件について報告した。勿論学校はこの事件は知っていた。

学校は四日ほど休んだ。身体中の傷は痛みは和らいだが、うつ伏せでしか寝られなく往生していたが痛みは次第に取れていった。

学校から母に連絡があり、母は渋々行った。

学校からは、二ヶ月の停学処分ですと言われた。

さすがの母もこれには驚いたが、そうですかと受け入れたのである。

そして、母はこう言い返した。

「私の家はお寺です。ジョーは小さい時から余り面倒を見れませんでした。厳しくそして自由に育ててきました。

それは間違っていたとは思いません。人一番正義感が強く人様に迷惑を掛ける子ではありませんでした。今回の件でも、私と息子が知っている大事な娘を暴行したのです。

息子はあの二人に憎しみを持っていたから懲らしめたかったのでしょう。前にもあの子らと同じ事がありました。

伝統ある学校の名誉に傷が付き迷惑が掛かるのなら退学にして下さい。あの子はこんな事でへこたれる様な子ではありません。ただ、あの子が喧嘩を仕掛けた事には間違いない様です。だからあの子が悪いです。私にも止められなかった責任があります。学校を辞めさせて、坊さんにするために私が教育し修行させます」

母はこう言うと、学校を後にした。

ジョーが危険な行動に出たのは、多分に五月の存在があると母は感じていた。これまで母がジョーを支配していたのかも知れない。繊細で臆病なジョーの心体に五月と言う魔物が現れて、ジョーの心を一変したのであろう。

ジョーには五月が運命的な出会いであった。ジョーには、くすぶっていた感情が目を覚ましたのだ。実に単純な正義感である。

母は、子育ての難しさを感じながら、

「私が間違っていたのかしら、ジョー良い子だから大人しくしていて、何処かへ行ってしまわないで、お前の心は分かっている。この母から逃げ出したいの、一人で悩まないで、この母の前で思い切り暴れて泣いてもよいよ」そう叫びながら須弥壇の前で読経をしていた。

顕子が帰った後、校長と担任の先生は、驚いた様子で顔を見合わせ苦笑していた。

「凄い母親ですね、坊さんになる前は、和歌山で高校の教師をしていたらしいですよ」

「校長、今更取り消しは出来ないから、処分通りいきましょう」

「そうだね、そうしましょう、退学は学校の名誉にかかわる事だよね」

ジョーは処分通り二ヶ月の停学になった。何とか高校を卒業する希望は消えなかったのである。退学をまぬかれたジョーは、経験のない退屈と虚しさを感じていた。

空手道場に挨拶に行き事の起きた事を話し、自ら破門を申し出て了解を得た。大学進学は諦めようと考えていた。貧乏な寺では行けないだろうと思っていたからだ。

ちゃんとした坊さんにはなれない、ならなくて良いと言われていたがそれが現実となりそうだ。母と父には申し訳ない、そう思いながら毎日を過ごしている。

勉強は嫌いでは無かったが、何故かしたくは無かった。年を取った父は、この状態をただ見ているだけであった。大変だったなゆっくり休め、と言うだけで母に任せきりだった。

何処にも出かける事なく、本堂で正座したり横に寝たり瞑想したり、墓地の周りを散策している。友達の佐川や茂、星達が様子を見にやって来る。彼らは、気を使って進学の話や学校の話はしない様にしていた。学園祭の話や、同級生の鈴木が階段で転んで骨折した話など、笑える話を長々と談笑している時間が楽しかった。

彼らが帰ると一瞬に沈黙の世界に入る。あと何日こうして居れば良いのだ、じっとしていられないジョーは本堂で空手の型や拳の構えをしている。

それが終わるとまた墓石の周りを息を整えて歩いた。

墓石は、ジョーに話しかける様な空気を感じた。わいわいと話しかける様なざわめきを感じていた。

ざわめきを消す様に鐘撞堂で思い切り鐘を撞いた。すこし涙が滲んだ。

母から言われた本堂の掃除整理、墓地の清掃片付けを何の抵抗も無く自然と体が動いていた。一日三時間の勉強も忘れずにしていた。

　こんなに時の流れがゆっくりした生活は、経験が無かった。自然と心が落ち着いてくるのを感じた。もみじが色付き始め様としている、ある暖かい日曜日、ジョーは何気なく教科書に目を通して、気分が乗らないので表に出て空手の型を練習していた時、オートバイ（小型・ホンダカブ）のエンジン音が聞こえた。

　こんにちはと言う声が聞こえた。父は耳が遠くなり気付かない、寝たきりが多くなりこの頃は余り表に出てこない。

　ジョーが、はーいと言い、玄関に行くと五月であった。ジョーは心臓が止まるほど驚いた。

「あらー、五月さん、元気だった、何時バイクの免許取ったの」

「はい、取りたてだよ、元気ですか。私、ジョーさんの事聞きました。何度も来ようとしたのですが、迷惑が掛かると思い来れませんでした。私の事が原因でしたらなんとお詫びしたらよいのか分かりません。その腕骨折したそうですね、今は何しているの？」

「まあ、することが無いので毎日ぼーっとしてるよ。この腕はもう少しで治ります、たいした事は無いですよ」

「お母さんはいる？」

「母は出かけています。間もなく帰ってきます。父は具合が悪く寝込んでいますから相手は出来ません」

ジョーは五月を茶の間に上げて母の来るのを待っていた。二人で炬燵に入るのは初めてである。

何とも言えない心地よさと、甘い新鮮な香りが漂って夢の様な安らぎに酔いしれた。

お互いこの年頃、異性と話すのは、なんともぎこちない。二人は下を向いて黙り込んでいる、それでも五月が話しかけてくれるお陰でジョーはつられて話すことが出来た。

「俺な、知っているかも知らないけど、停学中なんだ。退学にはならなかったけど、高校だけは卒業するよ」

ジョーは、今の状況や今後の方向の気持ちを五月に話した。

「五月さんは、大学に行くんでしょ」

「うーん、私若松の短大に行こうと思っているの、実家のホテルを手伝おうと思っているわ、母は好きにしなさいと言うの、私は何処にも行かないし、ジョー君はお寺を継がないの？」

「本当は継がなければならないけど、坊さんになるには大学や専門の学校に行かなければならない、それには金も掛かるし、母に迷惑は掛けられないから、高校だけは卒業して此処を出て働いて金を貯めて、それから坊さんの修行して何とかこのお寺を継ぎたいと思ってる。母は継がなくて良いと言うけど、本当は継いで欲しい筈です。

この事は母に黙っていてよ、金は心配するなと言いますから」

「駄目、お寺を継がないなんて駄目、継ぐのよ私からもお願い」

五月は涙を浮かべながらジョーに訴えた。それは、五月の心の言葉であった。

そうしているうちに母は帰ってきた。

「あら、五月さん来てたの、よく来てくれたわね、どう絵は入選した？」

「はい、この前の市の展覧会で金賞頂きました」

「良かった良かった、私ね必ず入選すると思っていたわよ、おめでとう」

「こらージョー、お茶もコーヒーも出さないでお前は気が利かないな全く」

腰を上げないジョーを見て母は、若い人はコーヒーねと言ってインスタントコーヒーを作って入れてくれた。

五月は、会話の中で母をお母さんと呼ぶ、ジョーは不思議に思っていたが、その響きがジョーには心がくすぐったい様な何故か心地よかった。

五月は、母には心を許しすべてを話し相談しているのだ。日常母とジョーは余り会話の無い生活であったが、母と五月の親子の様な会話を聞いていると嫉妬さえ覚えた。

「ジョーそろそろ学校でしょ、今度は問題を起こさない様にしっかりしなさいよ」

と釘を刺された。

ジョーは五月を横目で見ながら「ああ、分かっているよ」と静かな声で返事をした。

二ヶ月が過ぎてジョーは登校した。担任の先生も、同級生達も優しく拍手で迎えてくれた。三年生に進学したが勉強の遅れは免れない、何とか追い付こうと必死になろうとしていた。どうするジョー、後が無い。

担任は、進路について躍起になっている。就職か大学に進学するか決める時期が迫っている。大半は進学に傾いているが、ジョーは母にも相談せず就職と決めていたから迷いは無かった。母からは自分で決めなさいと言われていたが、本当は仏教科のある大学に行かせたかったに違いない。母が本当にそう思っていたのなら、何故行きなさいと言わないのだろう。

本当の気持ちを聞こうと思い母に相談すると、母はこう言った。

「あのなジョー、お前は大学に行きなさい、仏教科のある大学、お前は学費の心配をしているのかい、そんなのこの母が何とかする。心配しないで」

「いや、お母さん俺は、就職するよ、そう決めたんだ、何処かの会社に就職するよ、母さんには心配させたくない、でも後継ぎは諦めたわけでもないんだ。まだ若いし、働いて金を貯めて、それから修行出来ると思っている。だから俺は大学には行かない、お母さんが元気なうちに坊さんになる、戻ってくるから」

「馬鹿だねお前はまだ金の心配してるのかい、そんな事心配しなくても良いわ、それが出来ないのなら親失格だよ、良いから進学しなさい」

「いや、俺はそう決めたんだ、俺の好きな様にさせてよ、学校にもそう言ったよ」

と言い母を宥めた。

母は、納得しない様に見えた、「本当にそれで良いのね。後で後悔しないの、でもお寺を継ぐ事だけは忘れないで」

はい、とジョーははっきり言った。母が一度諦めたのはやはり金の心配があったのかも知れない。ジョーはそう思ったのである。

母は寝ている父の前で、住職に聞かせて泣いていた。

「そうか、そうか、ジョーの奴そう言ったか、迷っているんだな、俺がしっかりしていればな、申し訳ないな」

と言い、お前にはこんな所に来てな、苦労を掛けるな、と言い床に臥せった。

この時にはジョーは後藤茂君の会社に行くと内緒で決めていた。

四月、卒業してジョーは、同級生の後藤鉄筋に就職した。周りから、なんでそんな所と言われたが、家を離れたく無かったのだ。後藤君は後取りだから継ぐのは当たり前であったが、母は、なにも鉄筋職人になるとは思っていなかった様だ。

何もわからないジョーは取りあえず後藤君と現場に連れて行かれ、重たい鉄筋を担いだり結束を教わり懸命に働いた。なんだ高校を卒業して鉄筋屋になったかと冷やかされながら、懸命に働いた。こんな仕事とは思わなかった。

後藤君がいるから嫌にはならなかったのである。

ジョーは、この鉄筋の加工を習いたいと思った。来る日も来る日も鉄筋運びと結束だけでは何時か飽きが来るだろうと思っていた。

社長は、「おいジョー、お前は高校を出たのだから、職人よりも積算と加工帳を覚えた方が良い、息子にもそれを覚えさせないと、何時出て行かれるか分からないからな。

明日から、俺が教えるから、加工場に来て暇を見つけて俺が教えるわ」と言った。

「設計図から、鉄筋を拾い出し、加工図を描くのは、普通の職人では出来ないし、やろうとはしないんだよ。それでは親方にはなれないし、汗だくで働くしかない、ジョー君なら出来るよ」と言われた。

翌日から早速設計図を見せられ、

「どうだこれが構造図だ。これを見て数量の積算をするんだよ、鉄筋の仕様書と言うものがあってその通り拾い出すのさ、そして加工図を一本一本描くんだよ」

「ジョー君の頭ならすぐ覚えられるさ」

社長は、紙に略図を描いて曲げる位置、切断する長さを丁寧に教えてくれた。

「鉄筋屋を馬鹿にしてはいけない、大工の技術も大変だけど、鉄筋屋も頭が良くなければ出来ないよ、さあ、徐々に覚えて一丁前の鉄筋屋になってくれ、まず加工の手伝いから始めて覚えろな」

社長は、「若い奴らは、こんな仕事は嫌だと言って入ってくる奴はいない、ジョー君は大したものだよ、早く仕事を覚えて親方になってほしい。息子にその気が無ければ、俺の後は継がせない」と言う。

ジョーは加工場の親方に怒鳴られながら付いて行った。加工図を見ながら真剣に覚えようとした。

「お前は呑み込みが早いな、さすが社長が見込んだ通りだわ、良いかしっかり覚えろよ、俺も年だから、お前が一人前になったら、俺は辞めるんだ」

「設計図から、加工図を描くのは大変ですよね」

「そうか、あのな、頭で想像して頭の中で描くんだよ、簡単だよ、そのうち段々分かってくるよ、そうすると数量の拾い方も必然と分かってくるさ」

と励まされ煽てられ、体の疲れも自然と癒されて行く様な気がしてきた。

現場が忙しい時は、現場に駆り出され、日曜も無く、徹夜の作業もたまにある。

給料も悪くは無かった。遊びもしないジョーには十分であった。確かに体は疲れる。夜遊びする元気もないくらいだった。

そんな状態を見ていた母は、

「どう、働くっていうのは疲れるだろう。まして力仕事だもの、勤まるの」

ジョーは黙って疲れたーと言い寝るだけであった。

住職が亡くなったのは、ジョーが働きに出て一年も過ぎた頃であった。

父は、とうとう逝ってしまった。仏の様な父であった。

母は、枕元で、最後の別れを唱えて、万感の思いがあったのだろう、泣き伏していた。

ジョーは初めてあの気丈な母の泣く姿を見た。

ああ、俺は何と言う親不孝だ、父に後を継ぐと言わずにいた事を詫びたかった。

安心して逝かせたかった。親父待っていろ、俺は必ず後を継ぐよ。と叫びたかった。

母を安心させたかった。

母は、何故俺に後継ぎを強制しなかったのだろうか、俺はとんでもない息子か、親不孝なのか、ジョーは自分を激しく責めた。

母と二人は、たまらなく不安で寂しい。

母は若い時にこのお寺に突然やって来て、そして此処に住み着いた。そして自分がそれを味わっている因果がある。

しかし、ジョーが居るではないか、そのジョーに後を継げとは強制しない母は、どんな心境なのだろうか。

でも、ジョーが、はっきりと言わないのは何故だろう。ジョーは心には決めているが言いそびれてはっきり言わなかったことは確かだ。

父の葬儀は終わり、ジョーはまた働きに行った。

短大に通っている星野五月は時々母を訪ねて来る。忙しく母がいない時は、本堂の掃除をしたり部屋の掃除をしてくれている。

会えない時は、書き置きをして帰って行く。ついでにジョー君元気でやっている？　日曜は休んでお母さんの手伝いしてね、がんばってねと書いて置いて行く。

二年も過ぎた頃、ジョーは積算と加工図を出来る様になっていた。

社長は、さすがジョー君と感謝された。

茂君は、次期社長は決まっていたから、若いけど専務見習いと言う肩書であったが見習いとは名刺に書けないから、専務と書いていたという。二人で笑った。

今は、専務とは言え、毎日鉄筋の運送である。現場で資材の足りない物とか現場事務所に寄って打合わせや工程の指示を伺う仕事である。

ある工場の新築工事の基礎工事を請け負った。数量拾いと加工図を担当したジョーは、専務と共に鉄筋の加工材を現場に運んだ。

現場事務所に伺い挨拶と荷下ろし場所を指定してもらい、鉄筋を下ろした。足場は掛かっていたが、まだ半端かと思い、再度事務所に行き、もう少し通路と昇降箇所を増やしてもらう様にお願いに行くと、

「何処か不備な箇所でもあるかい、鳶は終わって帰ってしまったけど」

ジョーは、「あれでは危なくて作業出来ませんので足場を足して頂かないと危険です。下りる箇所をもっと増やしてもらう事と、足場が揺れるので手直しが必要ですが手配してください」とお願いした。

監督員は、鳶に電話を入れて、足場が不備だと鉄筋屋が言っているから直してくれと指示していた。この事が騒動の始まりだった。現場は多少のもめ事がある。多くは話し合いで収まるのだが、たまにはこれで収まらない時もままある。

鉄筋の配りはクレーンでお願いして了解を得た。

三十分も経たないうちに鳶がやって来た。

見た感じやくざ風の中年の男だ。ニッカズボンとタボシャツ、手甲、キャハンを付けて、

「何処が悪いんだ」と叫びながら、「お前が鉄筋か」

はいそうですとジョーは言った。

「通路をもっと増やしてくれませんか、それと一桝に下りるステップを桝ごとに設けてほしいのですが」とジョーが言うと、「何？　この足場では仕事が出来ないっていうのか？」

「出来ない事はありませんが危険です、指定された工期には間に合いませんから何とかお願いします。型枠大工さんも運ぶのが大変です」

短気な鳶は、「ステップなんて無くてもポンと下りれば良いべ、あんたらプロだべ」

と言う。

ジョーは監督員と共にお願いしたが、
男は「馬鹿やろ、おい鉄筋屋おまえら生意気だ、仕事が出来ないならする

な」

　と睨みを利かして言った。

　ジョーは、

「あんたら鳶のプロだよね、恥ずかしくないの、これで良いと思っているの、会社の監督さんどう思いますか？」

　渋々監督は、

「鳶さんお願いしますよ、工期も無いし一日も早くやりたいからお願いします。現場は安全が第一ですから」と言うだけであった。

　傍にいた専務は、

「ジョー君足場がちゃんとするまで待とう。明日からは入るのはやめよう」と言った瞬間、鳶の男はどもった声で更に興奮して専務の前まで寄って来て、もう一度言ってみろと怒鳴りつけた。腰には足場を締め付ける先の尖ったシノと言う道具を持とうするのが見えた。

　これで脅しを掛けようとするのがジョーの目に入った。ああ、喧嘩はしたくないなと思い専務を後ろに引いて、

「あんた、そんなもので脅かそうとしても駄目だよ、私ら本当の事をお願いしているんだから、やめてください」

と言ったが、男は道具を持ってジョーに向かってきた。咄嗟に除けたが顔に当たって少し切れて血が出たのである。

ジョーは空手の構えを見せ、さあ掛かって来なよと構えを見せた。男は更に振り回してきたが、ジョーは左手で受けて男の顔面に拳を突いて更に前蹴りで男の胸を蹴った。

男は、後ろに倒れしばし起き上がれなかったが、立ち上がりまた掛かろうとしたが監督員達に後ろから押さえられ観念した様だ。

男は、ぶつぶつ言いながら監督員達に明日若い者を寄こすからと言って現場を去って行った。

二日後現場に行くと足場は要望通り掛けられていた。専務は、あのなジョー、出来ていたぞと苦笑いして言った。

事務所に寄ってお礼を言ったら、「あの鳶には手を焼いているらしく、ジョー君には感謝していたぞ」

「まあ、正義は勝つですね、専務」

「その度胸はどこから来るの、俺も頑張らなくてはな」

と二人で笑った。

仕事は予定通り行き、会社からお礼を言われた。

現場には、色んなもめ事がある。その度にジョーは引っ張り出されてそれとなく解決していった。

しかしあの鳶の男は、ジョーに恨みを持ち続けていたらしく、会社にも現場にも仲間を連れて嫌がらせとか仕返しとか目に余る行動が続いた。

夜中に加工場の窓ガラスを割りに来たり、加工図を盗んで行って捨てたり、現場の組み立てた鉄筋をばらしたり切断したりして、ほとほと手を焼いていたのである。

ジョーは、このまま黙っているか、彼らと決着をつけるか迷っていた。もう、問題は起こしたくない、会社には迷惑を掛けたくない、どうすれば良いか迷っていた。俺が居なくなれば納まるだろうと考えたのである。

ジョーは男の会社に出向いた、事を収める為だった。

「俺は後藤鉄筋を辞める事にする。だから嫌がらせをやめてくれないか、俺が憎いなら思い切り殴ってくれ」

と顔を出したが男は殴らなかった。

「分かったよ、お前は大した男だ、俺は喧嘩で負けた事は無かったよ、だがお前には負けたよ、辞める事は無いだろう、おれとダチになろう」

「いや、俺はまた、どこかで問題を起こしかねないから辞めるよ」

「辞めて何処に行くんだ、俺の所に来れば良いよ」

「いやー止めとく、東京へ行くよ、行ってみたかったからね」

「そうかい、じゃ元気でな」

と言って別れた。会社に戻り社長と専務に、会社を辞める事を伝えた。なんで辞めるのとしつこく止められたが、聞き入れてくれた。

「行く当てはあるのかい？」

「無いですが、東京に行ってみたいと思ってます」

「どんな仕事がしたいの、鉄筋屋は嫌になったのかな」

「そんな事はありませんが、俺は事務屋とか、背広を着てする仕事は向かないと思います。工場の流れ作業なんてのも嫌だしね」

「そうか、それじゃ俺の兄弟分で東京の葛飾柴又と言う所で鉄筋屋をやっている奴の所へ行け、俺が紹介状を書いてやる。小黒組と言ってな。東京では大きい方だ、君なら間違いなく紹介出来るから行きたいなら行ってくれ」

行く宛てが無かったジョーは、涙が出るほど嬉しかった。

後は、母の説得だ。反対はしないだろうと思った。ジョーは仕事のけじめをつけて辞める事にした。三年過ぎた頃であった。

母は暫く考え込んで、そんなに行きたいなら行けば、と顔は沈んだが反対もしなくて許してくれた。

一週間も、家でごろごろしている所に、短大を卒業し家業を手伝っている星野五月がやって来た。ジョー一人だった。

「ジョー君東京に行くって本当なの、どうしてなの、お母さんは寂しくなるでしょ」

「母は、許してくれたよ、それ切り何も言わなかった」

五月は、少し涙ぐみ目を大きく開けて、叫んだ五月を初めて見た。

「駄目、行っちゃ駄目、お母さんを一人ぼっちにするなんて、行かないで」と必死に止めようとした。

「ずうっと行っている訳では無いよ、自分の約束は忘れないよ、後五～六年待っててもらうよ、これは母には言ってないけど、ほんとだよ、分かってよ」

「駄目ほんとに駄目、母さんは強がり言っているだけなのよ」

「でも行かせてほしいんだよ、何かを見つけたいんだよ、必ず帰ってくるから」

五月は、泣いていた。

「どうしてそんなに心配してくれるの」ほっといてくれと言わんばかりに言った。

ジョーは、咄嗟に五月の体を引き寄せ思い切り抱きしめた。五月は無抵抗だった。

「俺は五月さんが好きだ、待っててくれるか」

と初めて耳元で告白したのである。自分でも胸の鼓動を感じた。

もう喧嘩はしないでと釘を刺された。行かないでと囁いた。その声に、グサッと刺された強い痛みを感じたのである。

「これから二人で山に行こう、紅葉も見ごろだそうだ。駒止峠の方でスキー場が良いかな、俺の車で、なあ行こう」とジョーは誘った。

車中会話は少なく、途中の紅葉は素晴らしかった。何か話さないとと思いながら、

「俺もこんなに綺麗だと思わなかったな」

「そうね何時も見慣れた景色だけど、今日は格別だね」

そんな会話しか出来ない自分が情けなく思った。

駒止湿原の駐車場で暫く車を止め「俺がそう決めたんだ分かってくれよ、帰ってくるよ約束する」五月は返事をしなかった。

細長い木道をふらつきながら何処へ行くとも分からず湿原を歩いた。草木は枯れて揺れている。紅葉は終わっていた。名前など知らない。空を見上げれば目が廻って木道から落ちそうになる。間もなく雪で長い間閉ざされる世界が来る。

広い傾斜のあるスキー場の林は全て色づいている。ゲレンデの芝生や草木は

草紅葉だ。

　空は青く綿雲がゆっくりと流れて行く。

春には水芭蕉が、夏にはニッコウキスゲ、捩花が咲く、そして蕨も出る、姫小百合も咲くと聞いていた。今は、蕨の枯れたホダが倒れて寝そべっている。

　ゲレンデに並んで座り暫く沈黙していた。眼下に写る森のカラマツは見事なほどに黄色く色づいて二人だけのパノラマだ。二人は大の字に寝ながら、冷たくなってきた空気を感じていた。

「この景色また何時見られるかな」

「何言っているの、帰ってきたら何時でも見られるでしょ、帰らない様な事言わないでよ」と五月は興奮した声で言った。

「何時東京に行くの」

「明後日行こうと思っている」

「良いなあ、私も行きたい」と甘える様な声で言った。

　ジョーはこの夢みたいな現実を今ここで味わっている。

「何年で帰るつもり？　帰ってこなかったら承知しないからね」

五月は真剣な目でジョーを見つめた。

「分かった、俺が居ない間母を頼むよ、母は強そうだけどほんとは弱いんだよ、時々来て母の話し相手になってほしい、今母はどんな気持ちで居るのかな、寂しさをこらえて、俺を送り出すのが辛いと思うんだ」

「言われなくても私は行くわよ、お母さんと居るのは楽しいもの、お母さんには必ず手紙を書いて送るのよ、分かった？」

「そうする、母は強い人なんだ、気丈だからどんな事でも負けないよ、俺も母に似ているのかな。理屈に合わない事は嫌いだし、売られた喧嘩は引かない、悪い性格だよな」

「それがジョー君の良いところだわ、他の人には真似出来ないのよ」

「東京では何があるか分からないけど、俺は俺を貫き通すつもりだ」

五月は、ジョーと一緒に居れば怖いものは無い、また母の後ろに居るのも同じだった。

ジョーが母の事を頼めるのは、五月しかなかった。そして魔法をかけている。

二人は、この大自然の中に包まれて、メープルの様な甘い香りを感じながら、しっかり手を握りしめ流れる雲を眺めていた。「あの雲に乗って遠くに行きたいな」そうだねと二人は言った。

# 東　京

東京は景気が良かった。オリンピック景気は続いていた。

柴又と言う所は、下町と言うか、今まで居たところと余り変わりは無い。周りにはまだ畑や空き地があった。でも騒々しく車も人も忙しく動いている。

社長の小黒氏が迎えてくれた。

「君が安邊定君だな。後藤君から話を聞いている。優秀らしいな。大いに期待しているぞ」

と歓迎された。事務所には六人程いた。

会社の建物の三階にある宿舎に住むことになった。

部屋は八畳間で三部屋あり、今は数人の若い職人達が此処で寝泊まりしている。空いている六畳部屋は出稼ぎに来る人達が寝泊まりすると聞いた。

その一部屋にジョーは寝泊まりする事になった。

一人で住むには十分である。古びた壁、畳もすり減って居心地は余り良くないが、此処で暫く暮らす事になった。テレビはあったが旧式で映りが悪い。風呂は銭湯に通う事になった。銭湯は初めての経験だったが、次第に慣れ億劫にはならなかった。

食事は、此処でお世話になり、昼は弁当を作って頂き大変お世話になったのである。

職人達は三十人程抱えて、繁忙期は臨時と出稼ぎを含めると大人数になる。倉庫や、加工場は田舎とは問題にならない程大きい。

ジョーの任された仕事は、数量拾いと、加工図の作成が主な仕事で責任は大きい。

後藤鉄筋の社長から、出来る奴だと紹介されたからである。

自分ではさほど出来るとは思っていなかったが、先輩達に指導を受けながらすぐに慣れてきた。

職人達は、各親方がおり四班に分かれている。

ほぼ地方から来た職人達だ。全国から集まったと言って良い。話す言葉も多様であった。

一癖も二癖もある。これらをまとめるのは容易でない。金を稼ぐ最大の目的をもって働きに来ている。弱い者は置いて行かれる。そして気が荒い職人と言われる。大工、左官、鳶達もこの大都会で働いている。

数日後、加工場の手伝いをしていた時、最初に顔を合わせたのは群馬から来た馬場と言う大きな体格の職人であった。

いかにも鉄筋屋と言う顔をした親方だ。底が部厚い大きな地下足袋を穿いて、バタラバタラと大声で加工場にやって来た。

「コラー加工が間違っているぞ、仕事になんねー」

と少しどもった声が何ともおかしく愛嬌があった。

ジョーは、加工図を見直して、荷札を見てくれたかい、もしかするとその荷札を付け間違えたかなと思った。同じ加工場にいた鈴木先輩が間違えたのかも知れないと思ったが言わなかった。ジョーはすぐに親方と現場に行き、やはり荷札の付け違いだと判った。

現場の職人達は、それに気が付いたらしく、

「親方ー、分かったよ、荷札の付け違いだったよ、隣の小梁だった」

「そうか、馬鹿者めが、時間がもったいないよ」

「荷札はちゃんと付けろ、良かったなー、あんちゃんこれから気を付けろよ」

と言うと、足場の桟橋をのっしのっしと上がって行く姿は妙に滑稽だった。

「今日はな、梁を全部終わらないと帰られないぞー」と発破をかける。

兎に角現場は面白い、人間同士のあけっぴろげな本性がある。

ジョーは暫く現場を眺め組み方の確認をしていた。職人達は皆、中年以上の人達だ。

その中に若い子が一人見えた。どう見ても子供だ。

親方は、この子にいつも怒鳴っているそうだ。

「こらーおめえは、何度教えても覚えねえな」

若い子は、怒られるのは慣れている様子で、独り言をブツブツ言いながらケロッとしている。その様子も実に滑稽だった。

三時の休憩でジョーはその仲間に入り、職人達と打ち解けて話す事が出来た。

あんちゃんは、何処の生まれだとか、おっかーはいるのかとか、彼らは方言丸出しで実に大らかである。若い子が、よろよろと親方の前に来て、「親方、おら我家《わげ》に帰りてー帰してくれろー」と言ってきた。小さな体は、子供の様な体格だ。名前は根来英雄と言った。

親方は、「ばかやろ、俺はお前の母様《おっか》から預かってきたんだ、一丁前にしてくれと頼まれてきたんだぞ」と言う。

英雄は、捨て犬の様な目付きで、「親方金を貸してくれろ、おら帰るんだ」と嘆願している。周りの職人達は皆笑っている。

「お前、帰り方を知っているのか、電車の乗り方も知らねーべ」

英雄は、泣く様子も無く、

「おら鉄筋屋は嫌だと言ったんだ、親方はおらを無理やり車に乗せて連れてこられたんだよ、だから帰してくれろ」

と親方に嘆願している。

「馬鹿語ってるんじゃねえ、お前の母ちゃんからよろしく頼むって言うから連れてきたのに、一人で帰れるなら帰れ、帰り方分かんねえべ」

「分かるよ汽車に乗って、駅に降りたら、坂道をまっすぐ行って右にずうっと行くとおらの家だよ、だから汽車に乗っけてくれろ」

と言う、乗り換えなんて分からないのだ。

英雄は、少し知恵遅れの子で何を教えても満足にできなかった。

農家では次男坊以下は早く出なくてはならない程貧しかったのだ。

早く家を出てよそで働かなくてはならない、この時代貧しい農家では現実に有ったのだ。

親方は、「お前はな、働いて一丁前になるまで帰させないからな」

と容赦なく言い放った。

親方は、「よーし英雄、これから鉄筋切りだぞ、大ハンマーを用意しろ」と腰を上げた。

細かい予備の鉄筋は、現場加工が多い、鉄筋の切断機はなく、大ハンマーと切断用金具で行う。

良いか、そらーこの頭のとこを叩くんだと気合を入れるが、重たいハンマーはその頭に命中しない、この馬鹿やろ、危ねー何処に振り落とすんだとまた怒られる。

ハンマーが重いのと力が無いからフラフラで英雄には無理な仕事である。

「お前は今晩飯抜きだぞ」と親方は言った。

「それはひどいわ、おらまんま食わなきゃ死んでしまうよ、まんまだけは食わしてくれろ」と漫才の様な会話である。

ジョーは、その大ハンマーを取り上げて、

「ほら、こうやれば切れるべ、力だけでは出来ないよ、コツだよコツだ」と言い現場を後にした。

ジョーは、悲しくなった。たとえ生活の為とはいえ、あんな子がこんな現場で厳しく働かなくてはならない哀れさを感じていた。

親は、この哀れな子をどんな気持ちで、家を出したのだろうか、どんな事情であれ、それを思うと更に悲しくなった。

英雄達に限らず、建設現場には、各県から出稼ぎとしてこの都会に働きに来ている。

飯場に箱詰めで泊まり、遊びも無く、雪深い田舎では実家には帰らず、金を送金している。

この時代にはたくさんの出稼ぎが来ていた。それは、収入が得られるからだ。土方、大工、左官、人夫、鳶そして鉄筋屋とこの時代を支えていると言って良い。

真面目に働いている者が大半だが、中には有り金を送らず飲み屋に奉公している者もいる。

また稼いだ金を持って行方知らずになる者までいる。田舎から、奥さんが探しに来たと聞いた事もある。

この都会の街は賑やかで活気に満ちている。その陰で暗い生活を我慢して金だけを頼りにしている。何を強いられているのだろうか。それでも我慢してモグラの様に働いている。この賑やかな都会は彼らが支えている。

ジョーは、田舎では見えなかった事がここでは嘘の様に見えた。

俺は、恵まれた方だと思った。

しかし田舎者の学歴が無い者、使われる者に対する差別は直に感じていた。

それは、田舎では感じられなかった。役人は、優しい様で威張っている。現場の管理者は、見境なく威張っている。職人の親方は、容赦なく威張っている。

それらは皆一本の糸でつながっているから可笑しい。それでこの世界は成り立っているのか。

他人の事は構っていられない、そうでなくては生きていけないとジョーは思った。

坊さんになる方が楽かも知れない、でも今は成れない、まだまだ時期が早い、もっと苦労をしないと、そして金を貯める方が先だ。坊さんになるための学校の費用を貯めなくてはならない、あと何年かかるだろうか、それまで我慢しようとしていたのである。

毎日が、鉄筋との苦闘が続いていた。

東京で働く職人達は、田舎の職人よりも、仕事も速く確かな腕を持っている。そうしないと仕事を干されるからだ。監督員達の言う事を聞かない者も同じだ。腕の良いものは驚くほど稼いでいる。ジョーの給料も同じ歳のサラリーマンよりもかなり上であった。

無駄使いや、遊びをしないジョーは思ったより金は貯まっていった。

三年が過ぎた頃、正月に田舎に帰った。これまで一回しか帰っていない。相変わらず、静かだ。当たり前の様に雪があり、そして寒い。特別に懐かしいとは思わないが、周りの風景は全く変わっていない、あの山も、あの木も、もみじも、柿の木も、池も。母も変わっていない。

俺は変わっただろうか、五月さんは？

「お前田舎を忘れたのかと思ったよ」とあっけない態度であった。嬉しさを顔に出さない母であったが、何かと東京の生活を聞いてくる。いつ帰るのかとは聞かない。

「五月さんが昨日来たよ、帰ってくるのって心配そうに話していたよ、お前をよっぽど気になるみたいだね、手紙でも書いているの？」

「お前いつまで居るの」

「三日の日に帰る」

「五月さんに会って行くの？　お前がよっぽど気になっているみたいだよ、あの事があった時は暫く元気が無かったけど、お前に会う時は満面の笑みを見せるわ、男性恐怖心と言うトラウマから抜けきれないのね、しかし、ジョーだけには心を許しているみたいだよ、ある時こう言っていたよ、私ジョーさんだけは心が許せるだって、ジョーお前五月さんを好きなら結婚しな、あんな良い子はいないよ、お母さんも安心だ。

好きな人でもいるの、駄目だよ五月さんを泣かしては？」

ジョーは、そんなに俺を思っていてくれているとは知らなかった。

「母さん、俺も五月さんを好きだよ、ただ俺はまだその気は無くて、今は仕事に夢中ですぐ結婚出来る状態ではない、五月さんが待ってくれるなら、俺はそうする」

母は、やはりそうかと思った。

「それじゃ、明後日は晦日だから、五月さんを呼んで三人で忘年会をやろう、五月さんは必ず来ると思うよ、いやホテルが忙しくて来れないかな」

母は早速五月に電話を入れた。返事は喜んでお邪魔するとの事だった。

「ジョー、来るって、嬉しいだろう」

「まあね、暫く顔を見てないからね、美人になったかい」

「そりぁ、あんな美人はこの辺には居ないよ」

ジョーは頭を掻いて、照れ臭い笑いを隠せなかった。

しかし、お寺は師走は忙しい。お寺にお参りにくる人もいる。大掃除もしなければならない。晦日に除夜の鐘も撞かなければならない。

「鐘はジョーお前に任すよ」

「ああ、良いよ、俺もお寺の息子だからな、一〇八つだべ」

「星さん家で蕎麦をぶったんだって、もらったのがあるから晦日に年越蕎麦を食うべ、五月さんも蕎麦が好きだから良い年越になるよ」

ジョーは朝から、本堂の掃除を始めた、檀家の人も四人ほど手伝いに来てくれた。すす払いの埃が舞い上がりこれが大変な作業で、だいたいで良いだろうとなった。これはジョーと男の人手が埃だらけになる。扇風機で表に出す。暫く時間が過ぎないと床の掃除が出来ない。もう良いと誰かが言うと、床の清掃と雑巾掛けが始まる、そうしないと今日には終わらない。朝から障子紙を貼り替える作業もありドタバタと動き廻る。早くやれーと煽る人もいるから、賑やかである。

「あらー、息子さんかい、お寺を継ぐんだばい、和尚さんもこんな立派な後継ぎがいるんだもの、安心だべない、坊さんの学校にいってるのかい？」

「継ぐのはまだ先ですね、修行しないといけないから、まだまだ先です」と冷や汗をかきながら話を合わせていた。

しっかり掃除をするには一日では終わりそうもない。今まで母は一人でやっていたのだろうか。

十時頃五月がやって来た。

「あら私も手伝うわ、大変ね広いから」と言い白いエプロンに手ぬぐいを被り掃除機掛けをお願いした。結構手慣れた様子であった。

母が来て、

「五月さん有難う、去年も来てくれたわね、皆で一服しましょう」と声を掛け、本堂にストーブをガンガン焚いて手伝いの人達と菓子とお茶で休憩したのである。

ジョーは、この一服と言う時間がたまらなく好きだ。何の気兼ねも無く、田舎言葉で話すゆっくりとした時間だ。この時間は此処の田舎でなければ味わえない。

「あら、このめんごい姉様は何処の人？」

「私は、下郷の温泉のホテルの娘なの、和尚さんにはいつもお世話になっているから、今日はお手伝いに来ました」

「あら、おら、此処の息子の嫁さんかと思ったよ、嫁に行ってないのかい？」

「こらー、後取り、こんなきれいな娘を貰いな、もう決まっているのかい？」

と檀家の手伝いのおばさんが笑いながら冷やかしたのである。

ジョーもまんざらな顔をして、「はい、良いですね」と五月さんの顔を見ながら、照れくさそうに笑った。

母は、「皆終わりにしましょう。ご苦労様でした。残った所私らがやりますから」の一声で作業は終わったのである。

檀家の皆さんが帰ったのは五時頃になり、母は一人一人にビール缶とお茶菓子を出し帰ってもらった。周りは暗くなり、また静かなお寺に戻った。

五月が私も帰りますと言い帰ろうとした時母は、

「五月さん今晩忘年会をするから帰らないで、泊まって行ってよ」

「私泊まる用意をしてこないし、母に言ってこなかったから帰ります」

と言い帰って行った。晦日の日、最後の片付けと清掃整理をしたが片付かない。

「ジョーもうよしましょう、終わりにしよう」と言い二人で、貰った料理と酒で飲み始めた。

何だか寂しいねと言いながらジョーの話を聞きながら飲んでいると、五月は八時ごろやって来た。

「今晩泊まっても良いと言われてきたから、また来ました」と弾むような足取りで入ってきた。五月は一度帰ったが、母に止められたがミニバイクで来たのだった。

「五月さん三人で飲み食いしましょう、忘年会しましょう」五月は、戸惑った様子も無かった。

母は、「私が五月さんの家に確認の電話するから、今晩は忙しいけど楽しくやりましょう」と言い「五月さんも大人なんだから酒ぐらいは飲まなくちゃね、ジョーお前は今晩の除夜の鐘を鳴らすんだから、五月さんにも手伝ってもらったら？　ひと眠りしてから丁度良いわ」

と母は強引にそうさせたのである。

料理は、母が作った物では物足りないと思い、ジョーは自転車で町まで買いに行った。

料理がそろったところで、ジョーの乾杯という発声で始まった。

酒は、殆どジョーが一人で飲み、母も少しは飲んだ様だった。

母は、ジョーの顔に、薄く筋の様な傷があるのを見つけた。酒のせいで赤く浮き出てきたのである。

「なんだジョーその顔の傷は？　まだ喧嘩をしたのか」

「これ？　これは、東京の現場で鳶と言い争いがあって、俺はしたくは無かったが道具を振り回して掛かってきたから避けたんだが、少し顔に当たって傷になってしまった、俺は喧嘩するつもりは無かったけど、それを取り上げて足蹴りで鳶を倒したんだよ、周りにいっぱい職人が居たけど、その人たちに助けてもらったんだ。

その後、その鳶は謝りに来て、今は仲良しだよ」

確かにジョーは喧嘩に強いし、皆から好かれるタイプである。

「俺は、どうも喧嘩を売られるのが多いのよ、自分ではしないつもりで居るんだけど、弱い者を虐めている奴を見ていると、黙ってはいられない性分なんだな」

母は、笑いながら「誰に似たのかね、お父さんは仏の様な人だったし」

「俺は母さんに似たんだよ、曲がった事が嫌いな母に似たんだよ、たぶん」

「あら、お母さんは、善と悪をはっきり言うけど、喧嘩はしないよ、もういい加減に喧嘩はやめて大人になってよ」

聞いていた五月は、笑いながら、

「そうね、喧嘩は駄目よ、ジョー君はきっと正義感があって頼りがいがあるんだわ、正しい事をやり通すなんて私には出来なかった。羨ましいわ」

とジョーの顔を見ながら言った。

十時過ぎになり、母は除夜法会をすると言い本堂に行った。

五月は、ジョーともっと話したかった。

「俺、四日の日に帰る、今度いつ会えるかな、来年の正月かな」

そわそわして落ち着かない五月は、何かを言い出そうとしている。

「私ね、今度お見合いしなければならないの、もちろん断るわよ、父が義理があって一度だけそうしてくれと言うの、私はしたくないの怖いんです。会ったら結婚しなければならない様な気がして、どう思う」

ジョーは暫く黙って、

「会って素敵な人だったら良いんでないの、俺からは何も言えないよ」

と、諭す様に言うと、五月は突然泣き出して、

「私、嫌なの、そんな知らない人と会うなんて、お母さんも同じ様な事を言ったわ、私どうしたら良いと思う、私ジョーさんとお母さんが好きなの、だからお見合いなんて出来ない」と更に泣いた。

ジョーにはどうしようも無かった。

「じゃー会うだけあって断れば良いじゃないの、その方がすっきりすると思うよ」

「俺は、五月さんが好きだよ、どうしようもなく好きだ、でも結婚は別だ、どうしようもなく馬鹿でおっちょこちょいだ、坊さんになるかならないか迷っているのに、今俺は身を固める事は出来ない、母には申し訳ないけど、何れはっ

きり言うよ」

「あと何年先？　私は何年でも待つわ、だから約束して、お母さんを安心させて、きっと寂しいのよ、可哀そうだよ」

「それは分かっている、今から坊さんになる修行をしても、俺は半端な坊さんになるつもりはないから、五年は掛かるよ。それまで待ってくれるなら五月さんと結婚する。実は今、通信講座で勉強しているんだ。来年夜間の仏教大学に行って、本山の修行を積むと五年は掛かる、その頃母は、七十過ぎになる。それまで母には元気で居てもらわないと。この話母には黙っていてほしい」

と打ち明けたのである。恐らく母は、そう願っているはずだ。母は心配していると思うけど、五月さん母を頼む、五月をしっかり見つめて打ち明けた。

「私待っている、私にはジョーさんしかいないから」

と言う五月を強く抱きしめた。

母は、まだ本堂で読経をしている。その声はかすかに聞こえた。檀家の人が何人かやって来て線香を上げ母はその相手をしている。本堂の前には、篝火を焚いてほんのりと明るい。

下の神社では、申し訳ない様なかがり火を焚き、座敷に茣蓙を引いて氏子達が酒飲みをしている。

昔から比べれば晦日の参拝は数えるくらいしかない。此処をお参りしてお寺に来るのが通例であった。

十一時過ぎに、ジョーは除夜の鐘を撞こう思った時、暗い夜に白い防寒服を着た姿が見えた。

五月に鐘を撞かせる訳にはいかないと思い仮眠しているのを起こさないで、一人で撞こうと鐘楼に向かった時だった。

薄暗い中五月が白いダウンジャケットを着てやって来た。

「私にも鐘を撞かせて」と、石の階段を上がってきた。

「あら、どうしたの、本当は今晩泊まる事両親に反対されたんじゃないの」

「大丈夫、私すべてを話して納得してくれたの、泊まる事も許したわ」

「そりゃ構わないけど、ほんとに泊まるの、母に言った？」

「今話してきたよ、泊まれって言ったのはお母さんよ、どうぞって言われたわ」

ジョーは、浮き立つ様に嬉しかった。

「じゃね、撞こうよ、十個ずつ交代で、数えやすいだろう、今晩は百七、年が明けたら一個、約十秒間隔なんだって、誰かが来たらその人にも打たせよう」

母はまだ読経している。

寒い夜だった、雪がちらついてきた。寒いなんて感じない男と女は、白い息を吐きながら撞く鐘は遠くまで聞こえるだろう。

今まで色々な事があったね、俺は五月さんに会えてほんとに良かったと言いながら撞く鐘は身体に響いた。

私だって、同じだわと言い撞く鐘は星の見えない夜空に響き渡った、一緒に撞くこともあり、待っててねー、待ってるよーと聞こえる様な気がした。

「人間って百八の悩みがあるって言うけどそんなにあるの？」

「俺もそう思うよ、俺なんか数えるくらいしかないけど」

「私もそう、同じだね」

幸せなんだよ俺たちは、と顔を見合わしていた。

年明けに鐘撞きが終わり、庫裡に戻った、母はまだ読経を続けている、間も

なくして母が戻ってくると、

「ご苦労さん、寒かっただろう、さあ年が越してしまったけど蕎麦食べよう、かき揚げ作っておいたから、一緒に食べよう」

母が急いで作ってくれた。かき揚げは何ともおいしかった。五月もこんな上手い蕎麦初めてと言い満足していた。

下の神社の方では、数人の初詣の参拝者の声が聞こえる、ドラの音も聞こえた。

ジョーは疲れたと言い、風呂に入り、先に寝ると言い二階の部屋で寝た。

母と五月は、それからしばらく話を続けていた。

五月は心の内をすべて話し、ジョーと結婚する事まで正直に話したのである。

五月の母にもその旨を話し、了解してもらったという。

「何故ジョーと一緒になりたいの？」

「それは、私が暴漢に襲われたショックは、計り知れません、男に対する恐怖感は、異常なほど強くなって、暫くは話す事も出来なかった、死ぬ事も考えたわ。

そんな時、ジョーさんが、あの悪ガキをやっつけてくれたわ、私本当にざまあみろと言いたかった。後ろから棒で叩きたかったの、ジョー君がそれをやってくれたの、私何故かすっきりしたみたいで、男気があり正義感と言うか、私そんな人が好きだったと、気が付いた」とも言った。

その時からジョーが何度も好きになったと言う。

「この人しかいないと思ったの。それから、お母さん、ジョーさんが母に言わないでほしいと言ってた事を話します」

ジョーが坊さんになるための勉強をしている事。仏教の大学に行って、更に本山で修行する事、あと五年は掛かるからそれまで待っていてくれ、と言われた事を黙っていられず、母に話した。

「母に負担を掛けられないし、自分で苦労して立派な坊さんになると言っているわ。

お母さん、ジョーさんのやろうとしているのを見ていてほしい、坊さんになれたら必ず帰ってくる、私待っていると言いました。俺は只の坊さんにはなりたくないと言っていました」と打ち明けた。

母も、ジョーが坊さんになりこのお寺を継いでくれる事を願っていたし、あえてそうしなさいとは言わなかったのは何故なのだろうか、ならなくても良いよと言ってしまった事があったのだ。

ジョーはそんな事は分かっていた筈だ。このお寺で母の下で修行すれば坊さんにはなれるのは分かっていた。一般的に地方の後継ぎは、その方が多い。

しかし、ジョーが帰ってくる時母は七十を過ぎているだろう。一年でも早く帰る必要がある。ジョーも五月も、三十は過ぎるだろう。それまで待つと言う五月を母は、有難うと言う思いで見守るしかなかった。

母はこの地に来たのは、若い時味わった苦い経験や、失敗や、他人を恨んだり、やっつけたりして、この思いを断ち切るために、何かを見つけたくて遠い旅に出て、偶然にこの寺に訪れたのが縁だった。この寺をめがけて来た訳では無かった。旅の途中で偶然に、この寺を訪れ、住職に魅かれ、留まったのである。

この結果が良かったのだろうか、今それを思い出している、ジョーに後継ぎをさせたいと念じていたのだが、それはジョーに任せようとしていた。しかし亡くなった住職の思いに反する事になる。ジョーは本当に後を継いでくれるだろうか、そうしてくれジョー、その思いは年齢と共に次第に強くなっていったのである。

五月はジョーに念を押す様に本心を聞いていた。

「ジョー君はお寺を継ぐと言ってました」と何度も話した。

「お母さんには話さないでと言われたけど、私は継ぐと思っています。約束しました。それまで待っててほしいとも言われました。後五年か六年だそうです」

「あの馬鹿、お母さんにははっきり言わないのね、有難う五月さん、私ねジョーは喧嘩ばかりしているし荒っぽい性格だから坊さんには不適格と思っていたの、亡くなった住職は、優しくて誰にも好かれていたから、ジョーが坊さんになったらどうなるのだろうと心配してたのよ。五月さんそれまで待っていられるの？　良いのよあんな奴待ってなくても」

五月は、真剣な顔で少し涙が潤んだ様子だった
「私待っているよ、私にはジョーさんだけなの、何年でも待つわ、大丈夫よお

母さん、ジョー君は正義感が強くて自分からは喧嘩などしないと思うし、自分でも分かっているよ、だから修行するんだって」

「五月さん、御免ね、有難う、でもご両親はどう思っているの？」

「私は、母にはっきり言いました。ジョーさんと一緒になると」

顕子は涙が出るほど嬉しかった。

「それならば、ご両親にその事をはっきりさせておかないと失礼になるから、一度はっきりと挨拶しなくてわね」と言い五月を抱きしめた。

「あの馬鹿、親に負担を掛けまいと思ってそう考えたのでしょう、情けない親だわ私、五月さんごめんね」

小さな声で独り言の様に叫んだ。

顕子は、改めてご両親に事をはっきりするために正月明けに星野宅に赴いた。

五月はジョーと一緒になる事しか考えていない、他の見合いや縁談をすべて断っている様子であった。五月は、何年でも待つと心に決めている。ただ五年間も今の状態で待たせる事は如何かと顕子は思っていた処であった。

いっその事お互い結婚させて、お寺に母さんと一緒に住まわせてはどうか、お母さん一人では大変だから、お母さんの手伝いをしてもらったらどうかと言う話も出た。

「五月それでも良いか？」と言う母の声に、五月はそれでも良いと言う返事だった。

しかし結婚式もしないで住むのは如何なものか、それは可笑しい話である。でも、五月は寺でお母さんと一緒に住んでも良いと考えていた。でなければ毎日通って行くのもどうなのかしら、五月は迷っている様子だった。

# 修　行

ジョーが東京に行ってから二年が経った。頭子は、住職の命日に本堂で独り読経を唱えていた。長い時間人っ子一人いない本堂は恐ろしく広く静寂で寂しさを感じていた。

頭子は泣いている様にも見えた。

自由奔放に生きてきた自分を責めているのだろうか。こんな運命になろうとは思ってはみなかったのか、頭子は自分を卑しく思っていたのだ。

五月はやって来て気付かれない様に斜め後ろに座った。

頭子の後ろ姿を見て目を閉じ暫く正座して居た。こんなに長くお経を聞いたのは初めてである。母の後ろ姿は哀れにも思えた。

「お母さんはきっと悲しんでいるのだわ、ジョー君こんな母を一人にさせるなんて」

五月は一人呟いた。

「私が一生付いててあげる。ジョー君が帰ってこないなら私がお母さんの後を継ぐわ」

「あら五月さん、来てたの？」

どうやら気が付いていた様だった。

「お母さん、私ジョー君の所に様子見に行ってくるわ、様子を見てきては駄目かしら」

「そお、そうね行って来てくれる？　今は会社を辞めて何もしないでいるらしいのよ、また喧嘩でもして居られなくなったのかもね、どんな生活をしているのかね、何も言ってこないのよ、決して弱音を吐かない子だからね」

五月は、母と目を合わせて、

「お母さん、ジョー君は正義感が強いの、けして自分から喧嘩したりしないわ、やむに已まれずの事だと思うわ」

「お母さん、私行ってくるわ、はっきり言ってくるわ、お寺を継ぐ気があるのって？　お母さんを助けてと」

「五月さん、それは言わなくて良いよ、ジョーの考えに任すと言っていたのが間違いだった。でもね、五月さんとの事はっきりさせないとね、このままでは五月さんが可哀そうで、申し訳なくて、だから行って様子を見てきて頂戴。恐らく金なんか無いと思うわ、馬鹿なジョーだわ」

五月は、母から預かったお金を持ち、住んでいると思われるアパートの住所を当てに東京に向かった。

たどたどしくその場所を見つけた。そこは東京の葛飾区金町駅からバスで二十分程の江戸川河川敷近くの木造二階建てのアパートであった。

表札に名刺を貼りつけた安邊定の名を見つけた。興奮しながらドアをノックしたが返事は無かった。三時は過ぎていた。不安は増していった。このまま待って来なかったらどうしよう、此処で待っている訳にはいかないと思い、河川敷の土手を歩き、下の公園に行きベンチに腰を掛け子供達のボール投げやサッカー練習を見ていた。

持ってきた地図と本を読みながら二時間ほど経っていた。恐らく夕方には帰ってくるだろうと思っていた。行く事を連絡していなかったし、ジョーは電話も引いていない。

ただあのアパートに住んでいるのは確かだ。待つしかないと五月は思った。

ドアにメモを貼ってくれれば良かったとも思った。

すこし薄暗くなり寒くなってきた。もう一度行ってみよう、帰ってきているかも知れないと急ぎ足で向かった。しかしまだ帰っていない。

「ジョー君此処に居るんだよね、間違いないよね、まさかどこかに引越したなんてないよね」

五月は、手帳をちぎりメモを書き、ドアの下から中に入れた。

通路の電灯は頼りなく点いていた。

鉄骨の階段をゆっくり下りて、道路に出てまた河川敷の方に彷徨い歩きをしていた。

会ったら何から先に言おうか、お母さんの事、私たちの事、今何をしているのとか、兎に角話したい事はいっぱいある。上手く話せるだろうか、何しに来たと怒鳴られるかも知れない、でも、帰る訳にはいかないわ、堂々とはっきり言おうと気を静めて歩いていた。

バスや車は途切れる事は無い、停留所では数人が下りる。それを暫く眺めている。ジョーを食入る様に確かめている。来ない。

またアパートに行ってみる。やはり帰ってこない。そしてまたバスの停留所に行ってみる。仕事帰りの車は途切れることも無く騒々しく行き交う。

ああどうしよう、このままでは帰れない、もし帰ってこなかったら、今晩会えない時は駅の近くの旅館に泊まろうとしていた。停留所を行ったり来たりしていた。

五月は人を探す様に前と後ろ周りを見入っている時、一人の男が辺りの人をかき分ける様に走っているのを見つけた。

それは、ジョーだった。間違いないジョーだった。

五月は走り出して後ろから、「ジョー君」と叫んだ。

ジョーは驚いて振り向き「五月さんか」と息を切らして返事をした。

「どうしたの、来るなんて、連絡も無くて、よく分かったな、母から聞いたのかい？」

「そう、私が行くって勝手に来たの、公園で待って、この停留所に居れば必ず会えると思って待っていたの、私のメモを見た？」

「見たよ、まさかと思ったよ、俺今自転車で動いているんだよ、ごめんな、停留所にいるかもと思って来てみたんだ」

ジョーの顔は変わっていた。髭面で怖い顔をしていた。本当にジョー君なのと五月は違和感を覚えた。

ジョーは、

「疲れたろう、アパートに行こう、少し休んで食事にでも行こう」

五月は、誘われるままにジョーのアパートに付いて行った。

五月は、長い時間歩いたり立っていたせいもあり足が疲れて痛かった。

部屋は一人者の男にしては意外と片付いていた。ただ異様な匂いが漂って五月には不快な感じであった。

「これがジョー君の匂いなの？　愛する人の匂いなのかしら」

二人は暫く立ったままお互い顔を見合わせていた。五月は顔が震え涙顔でジョーを見つめて「会いたかった」絞る様な声で言った。

会えないかも知れない、後何年待てば良いの、積年の思いは五月を狂わせている。

「俺も会いたかった、御免な、今の俺では合わせる顔が無いんだ、本当に御免、まだ俺の事思っていたのかい、愛想をつかしているだろう、嫁に行ってしまった夢を見たよ」

五月は、顔を崩してジョーの胸に抱きついて、

「私、他の人の所に行くわけないでしょ、何を言っているの」と泣きじゃくった。

ジョーは小さな折り畳みテーブルを出し、スポンジの入った薄っぺらで格子柄の小さな座布団を出し二人は向かい合わせに座った。

「お母さんはなんか言ってた？」

「私から行ってくると言ったのよ、お母さんから連絡があると思ってたわ」

「母はいつもそうだよ、ああしなさいとか煩く言わない人だから、いつも冷静で冷たい人だよ」

五月は、血相を変えて、

「何言っているの、お母さんは口には出さないけど、とても心配しているわ、

寂しいのよ、私見ていて分かるの、お母さんが泣いているのを私は見たの、とても可哀そうだった。何時までお母さんを一人で置くつもり？」

「分かっているよ、必ず帰るよ」と話をずらした。

「いつ帰るの？　はっきり聞くまでは帰らない、泊まる所なんて予約していないけど、駅の近くのホテルに泊まるわ」

ジョーは、このまま帰す訳にはいかなかった。此処に泊めようと思った。

五月は、母から預かってきた金と手紙をジョーに渡した。ジョーは少しためらう様子を見せたが、ああそうと言い受け取った。

食事に行こうと五月を誘い、近くの中華飯店に行った。

此処はジョーがいつも利用している店で、前はバイトしていた店だった。今は時間が有るときはバイトをしている店だ。

店主は、「あらージョー君、彼女かい？」

「まあ、そんな所かな、田舎から突然来たんです」

ジョーはこの中華飯店でも嫌がらせをする二人のチンピラを追い払い、格闘の末警察に一晩お世話になったと言う。過剰防衛と言う事だった。

食事後二人は広い公園を歩きながら、ジョーはぼそぼそと本音を語り始めた。会社は年初めに辞めた。これも喧嘩が原因で自分から辞めたと言う。

「俺って馬鹿だろう、皆喧嘩なんだ、俺はしたくは無いけど売られた喧嘩は買う。これは正義感と言うんじゃ無い、弱くて駄目な自分を見せたく無いんだよ」

五月は、黙ってジョーの腕をしっかりつかんで、うん、うんと頷いていた。

ここ一年近くはあの中華飯店でバイトをしながら過ごしている。

夜間の仏教大学は卒業し、近くのお寺で雑用係で勤めている。このお寺でも土地の境界争いで巻き込まれ怪我をしてしまった。

このお寺の住職の紹介で修行するお寺を紹介された。山梨のある寺であった。

「俺は喧嘩なんて好きでは無いよ、黙っていられないから巻き込まれてしまうんだな、逃げれば良いなんて俺には許されないんだ。この野獣の様な性格を直すためにも修行したい。何年掛かるか分からないけど、そうしたいんだ。二年か三年掛かるかも知れない。それまで待っていてくれとは言えない。このまま家に帰ってお母さんの後を継ぐのは出来るけど、母は今のままでは喜ばないと思う、だから早く帰ってこいとは言わないと思う。俺はもっと人間の修行をしたい。分かってくれ五月さん」

「私、待っている、お母さんと一緒に何年でも、お母さんも私もジョー君しかいないもの」

五月は、ジョーの横顔を見ながら、そう言った。

「何時行くの」

「二日後だ」

「黙って行くつもりだったの」

「向こうに行ってから、手紙を書こうと思ったけど、五月さんが帰ったら母に伝えてくれるかな、母は強い人だから大丈夫だよ」

一時間ほど歩いて、アパートに帰った。

「私達結婚していないのに、此処に泊まる事は出来ないでしょ」と五月は一応拒否した。

ジョーは五月を引き寄せ、俺は五月さんと結婚すると言い切った。

そしてその夜二人は結ばれたのである。

「俺が帰ったら田舎で式を挙げよう。正々堂々と、誰にも文句は言わせない、それで良いよね、約束する」

五月はジョー以外考えられない人だった。今まで待って何も得られなかった。ただ待つしかなかった。

あの事件以来ジョーを一途に思い続けた。そのジョーを失うなんて考えられなかったのである。

そして、その思いは昨夜確認出来た。五月の思いは通じたのだ。

「何年待とうがジョーは私のもの、私、強い人が好き」

一途に心に刻んだ。

五月は次の日も泊まりジョーを見送り泉現寺に帰って行った。


それからの五月は、ジョーとの約束を再度母に告げ、お寺に住む事になった。

母は、五月の決意を受け入れ、この子はジョーでなければ生きていけない、ジョーの様に強い者でなければ消滅してしまうかも知れない。

もともと弱い女で、少し頼りない女であると見抜いていた。

顕子の様な強い女で独りで生きていける女では無かったのだ。

五月は突然母に、

「私坊さんになる、お母さんに仕えて修行する。お願いします」と言った。

母は、驚いた。

「五月さん、あなたが坊さんになる必要は無いよ、ジョーが帰ってくれば後を継がせるから、修行は大変よ簡単に成れるものでは無いよ、私なんかこのお寺を廃す事が出来なかったから、ろくな修行も出来ずに坊さんになったけど、ジョーの様な型破りでろくでなしが、真人間になるための修行をしなければ本当の坊さんになれない、ジョーはそれに気付いて坊さんになろうとしている。迷いが少しでも解けたら、ジョーは帰ってくる。そう思っていたからジョーにお寺は継がなくても良いと今まで言ってきたのよ。放浪していた私が坊さんになろうとしたのは、たまたまこのお寺にふらりとやって来て一晩泊めてもらってね、亡くなった住職に、私何度も座禅をしたけど、どうしても雑念や煩悩が入り色んな迷いが消えないのと相談したら、俺なんか雑念ばかりで、何も得られなかったよ、と言われた時この人はと思ったわ。悟りを得られるのは本物の坊さんだけだよ、私は人間だものと言われたの、それでいっぺんに気が楽になったの。それで此処の坊さんになろうと決意したんだよ。ジョーの事だから、まだ帰ってくる保証はない」

「だったら、私がなるわ、ジョーさんが帰ってくるまで、お母さんを手伝いしながら修行して待つわ」

五月は、今までに無い真剣な顔つきで言った。

「お母さん私、子供が出来たかも知れない、ジョーさんとの子」「ほんとに、、あなた達の子?」「ごめんね、結婚式もさせないで、もしそうなら婚姻届を出さないとね、ジョーの奴知っているの?」「いや、知らないと思います」

「婚姻届も出さないなんて、私が悪かったわ、五月さんのお母さんに早速お願いするわ、そんな事気付かないでほったらかしにしておいて私は失格だわ、お母さんに正式に言ってくる。ジョーには連絡取れないかな、外部との接触禁止のお寺だと聞いているから、良いわ、私が全責任を取るから、結婚式は後で考えよう五月さん」

「ジョーさんと、帰ってきてからやろうと決めたの、それで良いでしょうお母さん、ジョーさんを信じてあげて下さい」

「後何年って言ったの？」

「三年と言ったわ」

「それまで待てるの五月さん？」

「待つと言ったの」

「はい」

「有難う五月さん、あんな馬鹿息子をそこまで思ってくれて本当に有難う。分かったわ、今日から私の家族、娘になって頂戴、坊さんになりたいならさせてあげる。ジョーが帰って来なかったら五月さんがお寺の後継ぎだよね。厳しいわよ坊さんになるのは、我慢出来るわよね」

「お願いします、私頑張ります」

五月は、段々と強い女になっていく。深々と頭を下げた。

ジョーを本物の和尚にするには、五月を強くしなければならない、暴れ馬を手なずける様にしなければならない、と顕子は思った。

こうして五月の修行は始まった。お経は何度か唱えれば出来る様になる。顕子の教えは仏法の真理と教えであった。

顕子は、変わった経歴で和尚になった。法話や講義には自信があった。話の上手な女和尚さんと言われ、女で和尚で画家、隠れた才能は隠れた人気があった。

以前に、高校教師と言う経歴が大いに役立っていたのである。

年に二、三度程度、老人ホーム等に依頼があり、お年寄りを元気づける話は、評判になった。

ある老人ホームでの講話で、一人の老婆が質問してきた。

「おらあ、女の坊さんを初めて見たよ、しかも関西弁で早口で良く上手い事しゃべるなあ、お経も関西弁なのかい」と言う。

顕子は、

「そうかなー、確かに泉現寺の住職に教えてもらったから、お経は会津弁かも知れないね、でもね、私が本山に修行に言ったら、同じだったよ」

会津弁でも関西弁でも無かったよ。と言うと会場は爆笑であった。

そんな話で更に顕子の人気は広まって行った。

また、地元の高校では青春の悩み等の特別講義の依頼もあった。これは最も得意とするところで、爆笑を誘い、他の学校からも依頼があるほどであった。

五月は、車で送り迎えと忙しい毎日を送っていた。

尼寺と言う噂は浸透しつつあった。また尼さんが来たらしいと噂は更に広まり、長男はどうしたんだべ、と言う噂だ。

五月の腹は目立ってきた。やはり子が出来たのだ。

ジョーの修行の様子は分からない、外部との接触は出来ない、そして女人禁制、余程の事でなければ連絡は取れない、毎日が座禅と読経、禁欲、時々得度と山道行脚、山籠もり。入門して厳しい修行は、修験者の様だ、一年以内で辞めてしまう者もいると言う。

果たしてジョーはあと二年も耐えられるだろうか、顕子は半信半疑であった。

顕子は、二通手紙を送った。一つはジョー宛て、一つは貫主宛て、読まれなくても良いと言う思いでジョーに手紙を送った。

奥州南会津田島

飯出山泉現寺　住職　安邊顕尼

と書いて出した。

郵便で送られた手紙は届くのは確かである。それが本人に渡るかどうかは分からない、修行中の身ならば、渡さないかも知れない、また本人は受け取らない事も考えられた。

「お母さん、坊さんの修行は大変なのね、私に出来るかしら」

「出来るわよ、親子であれば、一年間住職について修行すれば後継ぎかそのお寺の坊さんになれるのよ、殆どがその道が多いわ、ジョーはそれでは物足りないのでしょう、苦労して修行して何かをつかみたいのよ、他人とは違うものを見つけたいんじゃないかと思う。まあ、ジョーらしいけどね」

「さあ今日は枕経をするよ、お経は感覚で覚えて、経本はあるけど、そのうち見なくても出来る様になる。でもね経本は一つの飾り、仏は安心するのよ、人はそれを聞いて、字が読めなくても、腹から響く様に唱えれば人は安心するの、それが坊さんの勤め、分かる？」

「分かりました。有難うございます。大分覚えてきました、最初の文字を見ただけで、自然と唱える様になりたい」

「般若心経は全部覚えました」

「万能なお経ね、意味が分かる？」

「大体分かるわ」

「教えの深さは、段々と分かってくると思う、一番難しいのは法の作法と言うもの、これもそのうち分かる」

五月は、諸事一般は全て熟した。覚えるのも早かった。教えられると言うよりも覚えると言う意欲が増していった。

「山号の飯出山は、飯出山《いいでさん》って読むの？」

「そうよいいでさんね、このお寺には山号が無かったと聞いていたのよ。昔この村一帯が大飢饉に襲われて、何人も亡くなったと古文書には書いてあるのを住職から聞いた事があってね、その当時の住職は、檀家から預かったり頂いていた米を村人に炊き出しをして与えた。

勿論それだけでは足りないのは分かっていたから、全てお寺の米は出し切ったが、村人は犬や猫、獣、鼠、草木を食べつくし何人か生き延びた。住職は、獣や生き物には手を出さなかった。そして餓死したと言う。

それでも何人かは助かったらしく、そこに一人の修行僧が此処に住み着いて、このお寺の坊さんになり村人の支えになったと言う。その運命を背負って今のお寺はある。亡くなった住職に感動した坊さんは、山号が無かったこのお寺の山号を飯出山と付けたそうだ。それで、(飯出山)いいでさん。

今私らが継いでいるこの何代も続いているお寺は無くす事は出来ない。後取りが居ない場合は、本山に頼めば紹介してくれるけど、私らが守らなければならないんだよ。分かるでしょう五月さん、ジョーと五月さんで守ってもらう、これが私と亡くなった住職の願い。何百年も続いたこのお寺は、先祖様や成仏できなかった人々の魂の声が、須弥壇の後ろから悲しく聞こえる。だから毎日朝、お経をあげている、これが私の勤めなのよ」

日が経つにつれ、母の言葉はきつくなった。五月は違う母の姿を見た。恐ろしさを感じていった。

五月の腹は更に大きくなってきた。

「私、強くならなくては、お母さんを楽にさせてあげなくては、しっかりしよう」

と五月は念じていた。

五月は、今まで何度か体調を崩して、流産の危機に襲われた。慣れないお寺の仕事は五月にはきつかったのかも知れない。

秋になり五月は女の子を産んだ。名前は桂子と名付けた。

「お母さんごめんなさい、男の子を産めなかった、ジョーさんにはなんと報告する?」

「私の初孫だもの、女だって男だって関係ないよ、私ね、男でジョーにそっくりだったらどうしようと思ったわ、最初は女の子で良い、可愛いからね。尼寺には尼僧が良く似合う、三人の尼だわね」

こう言って、五月をねぎらい元気づけた。

ジョーは、知っているはずだ。手紙は届いているはずだし、たとえ修行僧とは言え、貫主から話は聞いているか渡されているはずだと思った。改めて連絡するのは止める事にしたのである。

五月には、今までにない忙しさが振り被ってきた。あの弱々しく見えた五月が、子を背負って動き廻る姿は元気で生き生きとしている。

時々五月の両親がやって来る。忙しかったら私らが預かるぞと言う。

「駄目、私の子よ、私が育てる」

と言って、両親を帰すのであった。

「お父さんは何時帰ってくるの、子供の顔見たいでしょう」

五月は、少し怒った顔で、

「お父さんは今修行中なの、子供が出来たからって帰れないの、分かっているわよ、私には嬉しい顔が見えるよ、頼むぞって言っているわ心配しないで」と言葉を返した。

顕子は、

「五月さん、あなたを心配して言っているのよ分かる？」

「お母さん、私がしっかりしてないから、心配を掛けますが、五月さんは一生懸命やってくれています、どうか心配なさらずに見守ってやってください。ジョーはとんでもない奴だと思うでしょうが、あと少し待ってください。お願いします」

顕子は、そう言い深々と頭を下げた。

この普通でない夫婦は、何時まで続くのだろうか、ジョーは本当に修行が終わるまで帰らないつもりだろうか、ジョーは恐らく修行途中では帰らないのだろう。

母はそう思った。また催促はしなかった。

一年が過ぎた。お寺も一般家庭と同じく子供中心の生活が続く。五月が厳しくする反面、顕子には、ばあ、ばあと言っていつもくっついて離れない。ばあが出かける時は、泣いて追いかける事もあった。

孫は何と言っても可愛い、男の子と違って大人しく、怒る事も少ない、五月の両親も同じだ。暇を見つけては桂子、桂子と様子を見にやって来る。

奥の間に五月が持ってきた黒いピアノは違和感は感じられなかったが、桂子が面白がって音を鳴らしている。その音は本堂内に高く響き通っている。

# 帰路

三年が過ぎ、ジョーの修行は終えた。法名は、定然を頂いた。

修行証書を頂き貫主からの言葉を頂き下山を許可されたのである。

「法の修行はほんの一部です。故郷に戻り、人の苦しみを救い、戒めを施さねばならない、定然はそれが出来る人です。

定然、子供が出来たそうだね、私の所に書が届いていた。君にも渡したが一度も帰っておらぬ様だが、連絡はしたか?」

「私は修行の身、禁欲に負けるのは恥ずかしい余りです。貫主は帰りなさいと言われましたが、修行が終わらなければ帰らないと、務めを果たしてきました」

「三年間良く我慢して修行したね、普通の人なら三年を待たずに帰ります。定然は良い坊さんになるだろう、住職は喜ぶでしょう」

「はい喜ぶでしょうね、どうしようも無い息子でしたから、散々迷惑を掛けてきました、七十を過ぎましたから帰ったら楽をさせたいと思っています。お世話になりました」

と最後のお礼を言い、寺を後にした時、貫主は、

「これは、私からの、結婚祝いとお子様の誕生祝いだよ」

祝い袋を懐に入れてくれた。

ジョーは、深く頭を下げて、歩いて帰る事を告げた。実家に着くまで修行は終わらないと貫主に伝えた。

此処大善寺からは、甲府、大月を通り東京の葛飾東光寺に寄って、それから南会津の田島に帰る予定だ。

母には本日修行が終え帰る旨手紙で送った。

ジョーは距離から見て十四、五日あれば帰れると思った。十月十七日出発した。

作務衣を羽織り頭陀袋、網代笠を被り足元は白いウォーキングシューズ、背中に大きめのショルダーバッグの出で立ち、実に妙な格好だ。本当に歩いて帰

るつもりなのだ。

手紙を受け取った泉現寺では、すぐに帰ってくるだろうと思っていた。歩いて帰るとは思っていない。

お寺では「お母さん、とうとう帰ってくるわね」

「散々心配かけて、他人に迷惑を掛けてどんな顔して帰ってくるつもり？　三年なんて短いね、もう三年経ったのね」

素直に喜ばないのが母であった。母は七十は過ぎた。まだまだと自分では思っているが女で働き詰めの体は、何処か無理が来ている。五月もそれを感じていた。

甲府を過ぎて大月の近くの小さな旅館に泊まる事にした。不審な男が来たと警戒されたが、話しているうちに不審は取れた。確かにそう思われても仕方が無かった、出で立ちが怪しく思われたのだろう。修行、修行で人と接する機会が無かったため、態度や面立ちが人との距離を置いてしまっていたのだ。これではいけないと思った。

お前は、お経をあげるだけの坊さんか？　托鉢僧か？　説法や法話を説いたところで誰も耳を貸さないのではないか、人を救いなさいなんて出来ないでは無いか。

今日一日歩いただけでもこれだけある。背筋を伸ばして堂々と歩こう、他人とすれ違っただけでも有難いと思う。何故か顔も穏やかに成れる様な気がしてきた。

なかなか距離感がつかめない、果たして着くのだろうか。

国道や幹線道路を歩くのは、間違いは無いが、車が騒々しく空気も悪い、地図で方向とそれらの道を頭に入れて、それに沿った道がある、町道、農道とか生活道路である。

農道を歩いて、少し小高い土手の杉の木の下に腰を下ろし、旅館で作ってもらったおにぎりをほおばっていると、田舎と同じ様な軽トラックが何台も前を走って行く、学校帰りの子供達が、珍しそうに、

「おじさーん、何してるの」と声を掛けられる。

ジョーは、少し困った顔をして、

「うーん、お昼のおにぎりを食べているんだよ、君達はまだかな」

「まだだよ、これから家に帰って食うよ」

「そうか、お母さんが作って待っているのかな」

「うん」

離れていくのを、見ていると、「俺もあんな時あったのかな」と思いに耽っている。

「あのおじさん、あんな恰好して何処に行くんだろうね、変な人には付いて行かない様に学校でも言っているよ」

そんな声が何となく聞こえた。

暫く此処で休息し、また歩いて行く。此処は農村地帯、住宅がまばらに建っている。

秋は、野菜の収穫が盛んである。長い一本道の両側には、田んぼと畑が碁盤の様に広がっている。突き当たりは町の様だ。余り高い山は見えない、後ろには富士山が誇らしく見える。

暫く歩いて行くと、白菜の収穫後の白い葉っぱが散らばっているのが見えた。白い手ぬぐいを被った老婆の姿が母の様にも見えた。

思わず声を掛けた。

「ばあちゃん一人で精が出るね？」

「誰だいあんた？　なんだ坊さんかい」指をさして、「あそこの坊さんかい？」

「いや、違うよ、山梨の大善寺で修行を終えて実家のお寺に帰るところなんだ」

暫く婆さんはジョーを見つめて、

「あらそうかい、変わった坊さんも居るんだね、帰るってどこまでよ」

「遠いんだ、奥州会津って言うとこだよ」

婆さんはまた呆れた様にジョーを見つめた。奥州会津？

「歩いて帰るって、そりゃぁ大変だ。何も電車で帰れば良いんでないの？」

ジョーは、白菜をかごに入れ、リヤカーに積むのを手伝い、家までリヤカーを押してやろうとした。

「息子さん達は手伝わないのかい」

「長男の息子はやってくれているよ、ほらあそこのハウスで、父と冬野菜の準備をやっているよ。嫁は農家の出では無いので一斉手伝わないいんだよ。そう言う条件で嫁に来てもらったからね。最近は多いんだよ、それでないと農家には嫁なんか来ないよ」

「ばあちゃんは幸せなんだね」

「でもね、息子や嫁には何にも文句は言えないし、まあ、孫が可愛いからね、それだけだね。私ら嫁に来た時は、姑に虐められたよ。何度家に帰ろうとしたか分からないね、今はそんな事は出来ないし、言いたいことは山ほどあるけど」

ジョーは、

「昔は何処でもそうだった様ですね。でも言いたいことは言っても良いと思いますよ。ガミガミ言うと嫌われるから、たまに言うのは良いと思いますが」

「言わない方が嫁にも私にも良いんですよ」と寂しそうに話した。

ジョーは家の前までリヤカーを押して行き、家に誘われたが、それを断った。

この先の町に着き旅館を見つけ、そこで一泊した。

朝早く、旅館を出て、そこで聞いた道順をたどりながら、頼りない地図と、標識を確認しながら、甲州街道を八王子方面へ向かった。兎に角行けるところまで行き、泊まる所が無い時は、駅や公園に野宿しようと考えた。

電車で行けば、迷わずに帰れる処だが、ジョーはそうしなかった。あのお寺の修行を考えれば実に楽だと考えたのである。これも修行と考えれば何と言うことは無い。

そう思い続け、念仏を唱えながら、ひたすら歩き続けた。

町に近づき、車の騒音と排気ガスに悩まされ、少しホッとする小さな公園で休んだ。

都会では、人間なんて蟻の様に見える。なんでそんなに急いで歩いているのだ。

何かに追いかけ回されている様に、まだ都心に入っていないのに、この先はもっと酷いのではないだろうか、水元の東光寺には、何時着くだろうか、全く見当がつかなかった。

心だけが焦っていた。

八王子に着き、町から離れた旅館に泊まり、死人の様に眠り続け休養を取った。

朝、食事をとりながら、水元までの道順と、後どのくらいで着けるか聞いてみる。

電車なら二時間ぐらいで行けるだろうか。徒歩となると想像がつかない。後一日ではどうだろうか、今日で四日以上歩いている。後一日歩けば近くまで行くだろうか。明日どこかに一泊すれば着くと心に決め、この旅館を出た。

幹線道路か国道を行けば間違いなく行くだろうと頭に描き、車の騒音と空気の悪さ、働き蟻の世界を感じながら今日も歩き続けた。

甲州街道をひたすら歩き、都心に近づき、環七通りを北東に歩いた。

入って間もなく左側の公園で足を止めた。白いマスクは黒くくすんでいる。こんなとこ人間が住む処では無い、トラックの出す排気ガスはもんもんと出しっぱなしだ。

車よ何処へ向かっているのだ。ある一点に向かって我先にと走って行く、それは悲鳴にも聞こえる。

もう限界に近い。此処で一晩過ごそうと、食堂に行き、まるで獣の様にむさぼり、そして公園に戻った。

ベンチに腰掛け、子供達の帰るのを待っていた。

目を覚ました時は、辺りは暗くなり、寒さも増してきた。外灯の明かりを邪魔に感じたが、リュックから寝袋を引っ張り出しベンチの上に敷いて寝た。今日は野宿だ。

母や五月の顔、それにまだ会った事のない自分の子供を浮かべながら、何時帰ってくるのとヤキモキしているだろうと思った。

そう言えば、何日に帰るとは連絡していない、まさか歩いて帰るとは思っていないだろう。薄笑いをしながら寝ている。暫くすると、袋を叩かれる感じがした。それは、二人の警察官であった。

浮浪児と思ったのだろう。そう思われても仕方が無かった。

「おい、あなたはどうして此処に寝ているのかい、此処は公園で寝泊まりする場所では無いよ」

ジョーは、目をこすりながら、

「ああ、そうですか、でも泊まる所が無いので、今晩だけ勘弁してください」

「駄目だね、此処から出て行ってくれるかな、ところであなたは何処の誰か聞いても良いかな？　名前は、住所は、職業は？　身分を証明する物は？」

ジョーは、自動車運転免許証と、坊主を証明する山梨大善寺の修行証明書を出した。

実家は、奥州会津の泉現寺の後継ぎであると伝えた。

その山梨大善寺の修行を終え、徒歩で帰る途中である旨堂々と話したのである。

「話は分かった、坊さんも大変だね、でも此処に泊まられたら困るな、近所迷惑になるからね。旅館など探さなかったの？」

「無かったから、今晩は此処にしようとしたんです、どうしてもだめなら別な場所に行きます。何処か有りましたら紹介してください」

「困りましたね、とりあえず交番に行きましょう」

と言われ、パトカーに乗せられた。

再度調書を取られたのは深夜近くになっていた。警察官は渋々、

「しょうがない、あのねお坊さん、あなたの事情は分かりました、今晩は此処で休んで行きなさい、仮眠室があるから、そこに一晩休んで、体も臭いから

シャワーでも浴びると良いよ、これまでこんな人は無かったね、明日早く行きなさい」

と言われた。

ジョーは涙が出るほど嬉しかった。

翌朝、着替えて交代の警察官が来るのを待っていた。

「君か？　坊さんってのは、何処まで帰るって？」

「はい、奥州会津の田島です」

「何？　俺の生まれは、同じく山口だ。なんだ同県か、歩いて帰るそうだね、大変だ。今時何も電車で帰れば楽でないの？」

何とも、しり上がりの方言は、親しさと安心感を感じた。

「うーん、これも私の修行、課せられた運命なんです。ところで此処から環七を行って葛飾水元の東光寺に行きたいのですが、今日中に着きますかね」

「一日では行けないよ」

「そうですか、もう一晩何処か泊まる所を探さなければならないかな、知らない道だから時間はかかるだろうな」

「じゃー、途中までバスで行けば、十キロでも近づけば楽でしょう」

「いやー、それは私の意志に反するから、止めます」

「よーし分かった、私の管轄内までパトカーで送りましょう」

もう一人の警察官にこそこそと話して、管轄まで乗せてくれる事になった。環七の川越街道手前まで送ってくれた。これは管轄内を遥かに通り越しているとはジョーは知らなかった。

「此処からなら、迷っても今日中には無理かな？　元気でな、早く会津に帰れよ」

と言い、別れた。

後は、地図と道路標識を頼りに行けば着くと読めた。

荒川の鹿浜橋の近くの食堂に寄り遅い昼食を済ませ、下の河川公園で休息した。

もう少しだ。ついに来たよ、東光寺の住職の顔が浮かんだ。三十分ほど休んだ後、さあもう少しと自分の体に言い聞かせ、足取りも軽く押されて歩いた。

水元近くに来て、聞いた事がある地名を見つけると、ああ、もう少しだ。あの橋を渡れば間違いなく水元だ。もう少し、もう少しだ、足取りが軽くなった。あの鰻屋の看板が見えた。東光寺の屋根と大杉が見えた。板塀も目の前だ。山門に着いた。息をふうっと吐いた。

門をくぐると本堂の大屋根が高く見えた。午後五時は過ぎていたろうか。山門は開いていた。本堂の扉は閉まっている。此処で手を合わせ立っていると、後ろの方から、「どなたかな」と言う声がした。

それは、住職であった。

「ジョーか？」

「はい、ジョーです、修行を終えて帰ってきました」

ジョーは深々と頭を下げて、「元気そうで安心いたしました」庫裡に案内され奥様にも再会した。

住職はジョーの恰好を見て、

「まさか歩いて来たか、お前は律儀だな、修行は辛かったろう。普通の若者では勤まらない、お前だからやり通すと思っていた。徒歩で来たのも修行か」

「そのつもりです。実家のお寺までも徒歩で行くと決めています」

住職は、

「俺もあそこで修行しに行ったけど一年で辞めて来たよ、このお寺を継ぐために帰りたくて嘘を言って帰った。貫主は分かっていたよ。良くも三年間頑張ったな、お前は本物の坊さんだ」

今晩と明日まで此処にお世話になり、身の廻りの整理と、静養させてもらい、実家に手紙を送った。

次の早朝、住職の見送りを受け東光寺を後にした。

奥州街道を北上し宇都宮に向かった。宇都宮から日光街道、そして鬼怒川温泉を通り田島に行く、この経路はすぐに頭に浮かんだ。七日の道のりと踏んだのである。

実家ではジョーの手紙を待ってたかの様に五月は貪り読んだ。

「一昨日に水元のお寺を出たって、あと六日か七日位で着くそうですお母さん、良かった、必ず約束は守るって言ったのは間違いないわ」

五月は桂子を抱きしめて
「お父さんが帰ってくるよ、良かったね、嬉しいね」

と一人はしゃいでいた。しかし、母は冷静だった。他人事の様にも見えた。

「うーん、帰ってくる、五月さん待ったかいがあったね、やっと夫婦になれるね、桂子も父さんに会えるね、帰ってきたらしっかり説教してやるわ」

「お母さん、説教はしないで、苦しい修行をしてきたんだから、私何処にも行かない様にしっかり押さえるから」真剣な眼差しで訴えた。

母は、薄ら笑いを浮かべながら、

「そうね、丈夫な紐で繋いでおいてよ、頼んだよ」

二人は本気で笑った。久しぶりの会話だった。


東光寺から一日目は、越谷で旅館で一泊、二日目は栗橋近辺に一泊、三日目に宇都宮の手前に着いた。ここから日光街道に入った。

無理して日光東照宮を参拝して行こうと思った。此処は一度も訪れたことは無かったからだ。

杉並木が整然と立ち並んでいた。街道の左側には、食堂やお土産屋があり、そこには駐車場がある。そこに立ち寄って、ベンチに座りコーラを飲んでいると、若いカップルが乗った赤いスポーツカーが入ってきた。やはり観光地だなと感心していた。

駐車場の白線に正確に駐車し、仲良く手を結んで、隣のベンチに座った。楽しそうである。金持ちの子だな、羨ましくも感じた。

此処でまた嫌な事件が起きた。そこに、けたたましいクラクションとマフラーをわざと抜いた様な音をたてて、二台の車が入ってきた。彼らは駐車ラインなど関係なく車を止める、あの赤いスポーツカーの後ろに止めた。そして、車から降りず爆音を鳴らし、騒ぎ始めた。赤いスポーツカーが自分達の車を追い抜いて行ったのが気に障ったのだろう。

「ほぉ、ほぉー良い車でないのアメ車かー」彼らは車から降りて覗いている。平手でバンバンと叩いている。それを見ていた若いカップルの男は、走って行って、

「やめて下さい」と制止しようとしているのをジョーは見ていた。

「お前の車か?」

「少し貸せや、スピード出んだろう」

「駄目です、私ら帰りますから車をどかしてください」

「おーい、どうする貸さないってよ」と仲間に鼓舞している。

ジョーの隣に座っていた彼女は震えながら彼氏の方に寄って行った。

「お願いします。私達帰りますから車を退けて下さい」と叫んでいる。

そんな事には耳を貸さないのが、馬鹿者たちだ。

そこで彼女を自分達の車にのせようとして、

「それじゃ俺たちとドライブしよう」

と無理に彼女の腕をつかんだ。彼氏はそれを止めさせるために馬鹿者たちの腕をつかんで止めてくださいと叫んでいる。

ジョーは、最初からこの現状を見ていた。こうなるとジョーの性格が、放っておけない。

昔の悪ガキ達との喧嘩を思い出した。何処にでも何年経っても馬鹿者は居るものだな、とジョーの血が騒いだ。

ベンチをゆっくり立ち上がり、杖は持たないでその場に立った。

「おい君達止めないか、どう見ても君たちの行動は許されるものでは無いぞ」と活を入れる様に太い声で発した。

一瞬彼らの動きは止まった。

「なんだ坊主、お前には関係ないわ、引っ込んでいろ」

「引っ込んでいられないから出てきたんだよ、お前たちの様な馬鹿者に天罰を下すためにな、今すぐここから出て行けば、天罰を下さないで済む、さあどうする出て行くか？」

一人の馬鹿者が、ジョーの目の前に寄ってきた。

「お前が先に出て行け！」と凄んできた。そしてジョーの襟をつかんだ。

ジョーはそれを手で簡単にはねのけ、

「やめなさい、早くここから出て行きなさい」と叫んだ。

他人の説教等聞く彼らでは無かった。他の男たちは、ジョーの周りを囲み、袋叩きにしようと思ったのだろう。ジョーは、此処で喧嘩はしたくない、昔の修羅場を思い出した。俺は何のために修行してきたんだ、此処でまた問題を起こしたくない、見て見ぬ振りをして騒動が起きる前にそっとここを去れば良かったのだろうか、しかしジョーにはそれが出来なかった。

若いカップルの肩をつかんで離れる様に言った。

後ろから男がジョーの腕をはがい締めにしてきた。そして前に居た奴がジョーの顔を、殴ってきたが、ジョーは一瞬ではがい締めを外し、拳は男の顔に命中した、前の男を足で胸のあたりを蹴り、この男も後ろに倒れた。

二人とも起き上がれない様だった、他の二人の男たちは、ジョーの杖を見つけ、振り回して掛かってきた。逃げて行った若いカップルは、警察に連絡していた。

この男達、怪我をさせずに大人しくさせるには、どうすれば良いかそればかり考えながら、体は自然と空手の構えになっていた。野次馬が増えてきた。それが俺の味方だと思い、自分から手を出さない事だけを考え、睨みあっていた。元気を取り戻した他の二人も加わって、ジョーの周りを囲んだ。こうなると彼らは見境がなくなる。

二人いっぺんにかかられると、空手が使えないジョーにはどうしょうも無い、ただかわすだけだ。杖で思い切り背中を叩かれた、そして右腕も叩かれ、杖は折れた。

怒りが収まらないジョーは、彼らの腹部に突きを入れ足を払い、皆立ち上がれないで、座り込んだ。

「ああ、またやってしまった」

と言い一人一人にどうだ大丈夫かと様子を聞き、車から降りなかった連れの彼女達に、大丈夫だからと言った。

間もなくパトカーがやって来た。

ここでまた、今市の警察署に同行され、無駄な時間を過ごしてしまった。

今日はこの辺りに泊まろうと宿を探し、明日日光に行く事にしたのである。


日光は初めてであった。

見たことも無い大杉に圧倒され、建物の幽玄さ煌びやかさに驚き、自分の存在の惨めさ小ささに圧倒された。通路広場に敷き詰められたバラスは足をふらつかせた。

此処の土産店で八角形に仕上げられた四尺ほどの焼き印が押された白木の杖を購入した。

何故か歩くのに安定感がする感じがしたからである。

此処を見て昼になり、街道を下り、鬼怒川温泉に向かった。

これからは先が見えてくる。足取りも軽くなった、誰かが前に引っ張っている様に感じた。

鬼怒川温泉まで、坂や曲がりくねった道は昨日の事もあり疲れた。

小さな旅館を見つけ、旅館と言っても、素泊まりや休憩と言ったものでゆっくりと休めると思ったからだ。旅館に着き少し休んでいると、今晩は何故か酒が飲みたくなった。

後二日あれば着くなと思いながら。共同浴場に入り風呂の洗濯機で、下着と褌を洗った。ビニール袋に入れ、旅館の部屋に干した。朝までは乾くはずも無い、穿くときだけ少し冷たいが我慢して穿く事にしようとしていたのである。

八時過ぎに繁華街外れの小さなスナックの様な店に入った。スナックと言っても、テーブル二つとカウンターに丸い椅子が五個ほどの小さな店だ。得意料理は特にない様だ。

おでん、煮物、お新香等、それとお決まりのつまみである。

ジョーは、失敗したなと思いながらも、引き返す訳にもいかず、縦縞の着物を着た愛想のない女将が、いらっしゃいどうぞと、迎えてくれた。

ジョーは入り口側のカウンターに座った。誰もお客はいない。

ビールとおでんを注文し、静かに飲んでいた。

「お客さんは、坊さんですか」

と女は話しかけた。

「うーんそう見えるかい」

「なんとなく、そう見えただけだよ」

「そう、俺は修行中の坊主、生臭坊主だ、今日は酒が飲みたくなって、夜な夜な出てきたよ、だから今夜は飲ませて」

ジョーはぼそぼそと言い出した。

「そう、分かった今夜は飲ましてあげる。今日は余りお客が来ない日だから、来ても十時過ぎよ、これらの客は、ほんとの酔っ払い、またお忍びの二人組ね」と言う。

俺たちもお忍びだよ、二人で飲み始めた。疲れもあり何故か酔いの廻りが早い感じがした。

テレビの歌番組で、美空ひばりの歌が流れた。女は、私この歌が好きなのよ、と言い口ずさんだ、ジョーの胸に背を寄せる様に寄ってきた。女は恥ずかしそうな素振りは見せない、むしろ、少し此処貸してよ、と猫の様な素振りだ。ジョーも、ああ良いよと言う感じだった。

次の歌もかかり、これも好きだと言って口ずさんだ。

ジョーもまんざらでも無かった。暫く女に触れた事が無い今この現実は自然だった。

この女は、地元の女では無いと思った。飲み屋の女将には似合わない、無理に勧めない、機嫌取りは嫌いな様子だ。余り表情を変えないで話す。坊さん、姉さんと呼び合う、これで十分でありそれ以上の事は聞かなかった。

「まだ飲む？　私ね、種子島生まれだから焼酎が好きなの」

「うーん、少し飲む、ウキスキーの水割り？」

きた。


「うーん、坊さん強そうね」

余り会話の無い時間が過ぎて行った。女は猫の様にまたジョーに寄り添ってきた。

またテレビを見て、私この人嫌いと指をさして言っている。

「どうして嫌いなの」

「美人だし話も上手いけど、私と同じ年頃なのに、大げさに言ったり、年甲斐もなくぶりっ子ぶって」

と言う。

ジョーは女の肩に腕を置き、その手で女の頭の髪を撫で胸に引き寄せた。

後ろに縛ってある髪は解けてしまった。小さな頭の形を確認出来た。

「あら、解けてしまったよ」

「良いよ、後で直すから、わたし何もしないから簡単なの」

女は、ジョーの手を自分の胸の上で握っている。

もしかするとこの女、俺を誘っているのか、そのまま眠ってしまったのだろうか、ジョーの左手は、女の胸の膨らみの上に置いた。何の迷いも無く自然だった。

暫く時間が止まった様な感覚で二人は寄り添っていたのである。女は、「このまま遠くへ行きたい」と呟いた。

「遠い所から来たんだね」

「坊さん、私としたい?」「うーん、姉さんは?」この間の会話は少し途切れた。

ジョーはふらつきながら宿に帰った。朝が早いと旅館には朝食が出ない、駅の近くの食堂があると聞いた。

くたびれてきたシューズと作務衣を見て、後二日だよと言い聞かせ、朝早く旅館を出た。

駅の近くで朝食を済ませ、おにぎりを頼みバッグに入れた。

路は段々険しくなってきた。川治温泉で一服と昼食、さあ今日は何処まで行けるだろう。

兎に角早く行こう、また急ぎ足になった。

川治温泉を過ぎると道は段々厳しくなってきた。会津西街道はダムや川の景色が綺麗だ。

秋の紅葉時は綺麗だと想像出来る。この街道はトンネルが多い、昔は大変な山道だったに違いない、幾つトンネルを越えただろうか。越える度に怖さを感じていた。修行で山籠もりを思い出させる様な感じだ。

歩いている奴なんてそうはいない、何台の車に追い抜かされただろう。

先の見えない曲がりくねった坂道は容赦なくジョーの体力を奪っていく。

ジョーの前にゆっくりと一人の男が歩いていた。すぐに追いついた。着ている物は何となく薄汚い、頭の髪は伸ばし後部で結んでいる。帽子の後ろから狐のしっぽの様に出ている。最近には多いのだろうか、ラーメン屋の恰好に似ている？

ジョーは追いついて、

「今日はー」と声を掛けた。男は迷惑そうな態度をしていたが「はいどうも」と言い返してきた。

「どちらまで行きますか？」と声を掛けると「うーん檜枝岐まで」と聞き取れない様な声で、横目で話した。男は片手で煙草を吸い、片方の手はズボンに入れてくたびれた様で歩いている。

「私は、これをまっすぐ山王峠を越えて田島まで行くんです。その峠まで一緒ですね」

と男の様子を見ながら話しかけた。

年はジョーよりも上に見えた。でも何故か訳ありの様子に感じられた。

男は迷惑そうにほっといてくれと言う態度に見えた。檜枝岐に行くと言っていたが本当に歩いて行くつもりなのだろうか？　着る物は薄着で靴はかかとを折ったズックみたいである。お節介は止めようと思ったが、このままではこの男どうなるのだろうと心が湧いた。

道路わきに車が止められるくらいの膨らんだところが見えた。

男から、そこで一服しませんかと誘われた。丁度いいあんばいに朽ちかけている電柱があり座るには丁度良い。男は先に腰を掛けた。煙草を吸う彼の手は白くて綺麗だ。料理人か美容師かと思った。時々飛ばした車が走り抜けて行く。

男は、先に話しかけてきた。「あなたは坊さんですか？」

「はいそうです、山梨のあるお寺で三年間修行をしてきました。此処まで歩いて来ました。このまま帰ってお寺を継ぐ予定です」

「そうですか、辛い修行をしてきたのですね。私は宇都宮でラーメンと餃子店をやって居ました。十八歳のころから修業して、やっと自分の店を持つことが出来て、種子島生まれのある女と一緒になり数年は順調にやっていたのですが、借りていた店は、持ち主が亡くなり、かなりの借金があって、その借金を負う羽目になりました。

執拗な借金取りから逃げて女と各地を転々して、女とも別れました。女は鬼怒川に居ると噂を聞き、昨日探したのですが、見つかりませんでした。

彼女には苦労を掛けました。可哀そうな女なんです。家は貧しくて俺なんかより沢山苦労したと思います。

笑って下さい、一日ぐらいで見つかる訳有りませんよね、会って謝りたいけど、金も無いし、もう一度やり直そうなんて言えない。田舎に帰ったところで、貧乏な実家では次男坊は入れてくれないのは分かっています。母が病気で臥せっていると聞いているから、顔だけ見せて、また都会に出て稼いでまたラーメン店をやろうとしているんです。その前に彼女を探して謝りたくて来たのですが俺がだらしないから、もう一度やり直そうなんて言える訳が無い」

ジョーは、黙って聞いていた。何故ジョーを引き留めて自分の気持ちを話そうとしたのだろうか。誰かに分かってもらいたいと言う心がそうさせたのか、ジョーが坊さんだったからだろうか。

「苦労しましたね、あなたの思いはきっと届きますよ、体と気さえ丈夫なら、きっと出来ます」と励ますしかなかった。

「坊さんはお寺を継ぐんでしょう、羨ましいな」

ジョーは、「私の場合、生まれた時から、そう言う環境に育ちましたから嫌でも運命に逆らえません。喧嘩ばかりして、高校を停学になったり、警察にお世話になったりしていました。結局は、狭い箱の中でもがいていただけでした」

ジョーは、男に、お寺の住所と電話番号を書いたメモを渡した。何となくこのまま田舎に帰ると言うのを心配したからだ。気を静めにお寺に来なさいと心に叫んだ。

男からも、名前と実家の電話番号を聞こうとしたが男から聞き出せなかった。

ジョーは、あの時鬼怒川であった女、もしかしてこの男の女だったのか？　これは黙っていた方が良いと思い口には出さなかった。

男が鬼怒川温泉から歩いてきて、檜枝岐の実家に歩いて帰ろうとしたのは、無意識に足が向いたのだろうか、持ち金が無かったからだろうか、後がない母に別れを告げたかったのだろうか。それにしては身なりが寂しい。

こいつは死と生との間に居て迷っている。もし死ぬ気でいるなら、止める手立ては無いだろうか。下手に同情しては、後押しになってしまう。

ジョーは懐から数万円を渡した。男は驚いた様子で、

「どうして？　見ず知らずの人に金を貰うなんて出来ません」

「良いんです、私ら坊主はお布施を頂いて生活しているんです。これは私の金ではありません。仏様からですよ。頂いておきなさい。何時かお金が出来たらお布施してあげて下さい」

とジョーは無理やり男のポケットにそのまま差し入れた。

「人間誰でも死にたいと思う時がある。私だって苦しい修行の中でその時があった。たけど死んだら終わりだよ、私は死ねなかった。苦しい時には開き

直って生きる喜びを見つけるのです」

男は、「私、死ぬと見えますか」と鋭い目でジョーに言った。

「今はそう見えます。苦しみはこの山に捨てて行って下さい」

「また何時か会いましょう」そう言ってジョーは先に歩き出した。

栃木と福島の県境の山王峠を越える頃、夕方近くになっていた。山王峠はまたトンネルだ。これが最後のトンネルだ。周りは紅葉がはじまっている。

彼はジョーの後を付いてきた。トンネルの歩道は、所々水が湧き出て、すり減ってきた靴に浸み込んできている。恐らく後ろを歩いている彼もそうだろう、歩くたびにビタビタと壁に響いて聞こえる。一歩一歩何を考えて歩いているのだろう。

峠のトンネルを越して鬱蒼とした木々を越すと、会津高原駅、檜枝岐方面の標識を見て、左に曲がって駅の待合所で男と休んだ。ジョーは駅を確認したかったのだ。男は、檜枝岐行のバスの時刻表を見たが最終には間に合わなかった様だ。

「今日中に実家に行けるんですか」とジョーは声を掛けると、

「バスは無いから歩いて朝方までには着くでしょう」と困った様子も無く手を振った。

会津鉄道の会津高原尾瀬口の駅は山側にあり、プラットホームから屋根付きの通路と階段で下に下りると待合室と店がある。意外と広く感じた。

旅館などあるのだろうか？　山間の村にはある訳ないと思っていた。待合室の売店で聞いてみると、川を越えて西の方に小さな温泉旅館があると教えてくれた。

「やっているよ、行ってみなよ、泊まれないかも知れないよ、日帰り客が多いから」

と言われた。確かにその温泉旅館はあった。姿格好を見られて得体の知れない者と思われたのは間違いない、空いてますよどうぞと言われ宿に入った。

駄目ならまた駅に戻って駅で泊まろうとしていたのだが、何とか頼み込んで一泊出来た。

此処で最後の旅の垢を落として行こう。明日には逢える。長かった修行は終わるのだ。

俺は山頭火か？　俺には帰ると言う目的がある。山頭火は帰る所が無いから放浪と言ったのか。姿格好から見れば同じく見えるかも知れない、俺には目的と使命があるのだ。

そう呟きながら、歩いてきた。

此処での一夜はよく眠れた。

夜がまだ明けきれない内に起き朝霧を見た、この中に坂道を山の方に向かって行く人の姿を朧気ながら見た。幻覚だろうか。あの男実家に着いただろうか？

山岳修行で体験した幻覚と似ていた。地図を見て遠いのに驚いた。あの男を宿に誘わなかったのを悔やんだ。

何処へ行くのと声を掛けようとしたが亡霊の様に自然と消えた。

朝方薄暗い内に旅館を出て歩き始めた。朝飯と昼飯は如何しよう。途中に店ぐらいはあるだろう。断食修行もしてきた者が何を言っている。と自分を笑った。朝霧の粒が少しずつ白くなり、白々しく明けようとしている。

この駅は、檜枝岐村と尾瀬に行くバスがある。関東方面から来る人にとっては唯一尾瀬には近い。尾瀬の季節には、賑わうのだろう。

朝食なんて断食を経験したジョーにはどうでもいい事だった。休まず行けば夕方前には着くだろう。そう思いながら、見覚えのある風景を感じながら田島に向かった。

あの男実家に着いただろうか。

ジョーは歩きながら、意識がもうろうとしている感覚があった。しきりに五月の姿が目に浮かんだ。

五月有難う有難うと何度も心で叫んだ。

「五月の青春は何だったの、あの頃マドンナと言われていたのに、とんでもない俺の処にどうして来たの？　あの事件があったからかい？　みんな俺のせいだよ。五月の青春を狂わせてしまったのも俺だよ」

俺の青春？　色んな事に巻き込まれ、問題を起こし喧嘩ばかりして傷つけて傷ついて、もがいて自分を虐めて挙句のはて開き直って生きている。

今度母の青春を聞いてみようと思った。

# 人間だもの

数年ぶりの町は、殆ど変わっていない感じがした。駅まで歩いて行った。こんなに町を歩いた事は無かった、歓迎されていない様な気がした。何故かそう感じた。

歩いていても知っている人はいない。ましてこんな格好だ。声を掛ける人もいない。

あの食堂と、雑貨屋の看板は覚えている。

余り良い思い出は無い、実に間違った青春を送ってきたのでは無いだろうか、正義だとか勝手に思い込んで。

川沿いの道を歩いて行く。歩き慣れた道だ。何故か心が震えた。人は歩いていない。

たまに軽トラが走って行く、知らん顔だ。変わり映えのない民家が見えてきた。

暫く辺りを眺めながら歩いて行くと、右側の高台にお寺が見えてきた。

思い出はモノクロームに見える。お寺はモノクロームの方が良く似合う。

自分の姿は、なんともみすぼらしい格好だ。窪んだ眼に髭面、とてもまともな人間には見えない、乞食坊主だ。

「おーい帰ってきたぞ、とうとう帰ってきたよ」と心で叫んだ。鼻がつーんとして少し涙が出た。

今時山梨から此処まで歩いてきたとは、誰が信じよう。

母よ、五月よ、そして我が子よ、どんな顔して迎えてくれる?

俺は、此処しか無いんだよ、と呟きながら山門の前で足がすくんだ。

山門をくぐり、本堂前の三十六段の石段をゆっくり上り、左側の六地蔵の頭を片手で触り、本堂の前に出た。そこで暫く立ち止まり、合掌を組んで立ちすくんだ。押し返される様な気がした。お経の声がしていた、母だろう。

三時過ぎの頃だろうか。

無意識のうちに、鐘楼に上がり三つ鳴らした。誰かが走ってきた様な感じが鐘楼を下りると、五月が立っていた。

「ジョーさんなの？」

「そうだよ、帰ってきたよ、待たせたな、ほんとに心配かけて御免」

寄ってきた五月を強引に抱きしめた。

涙を顔いっぱい濡らしながら、「昨日来るかと思って、皆で待っていたのよ、電話ぐらいしてくれたら良かったのに、母さんは態度には出さないけれど、待っていたわよ」

そしてて庫裡の方へ向かった。

ジョーは、五月の肩を叩きながら、紅葉の木の下に立っている厚い板を見つけた。かつて拳を鍛えた板だった。そこに軽く一撃を当てて、

「悪かった、母には謝る、こんな俺だけど迎えてくれるか？　これからは何処にも行かない」

五月は更に泣いて、

「何言っているの、此処はジョーさんの生まれた処よ、お母さんがいるのよ、お母さんと桂子が待っているわ、家に入りましょ」

と言い、ジョーの手を引いて玄関を開けた。そこには赤い綿入れを着た桂子が立っていた。

母から何度も聞かされていた桂子は、見たことも無いジョーの風貌と姿は、幼いなりに描いていたものとは全く別な物に見えたのだろう。

驚いてしっかりと開いた瞳は怯えている様だ。すぐに泣いて五月に抱きついた。

これは天罰だと思った。

母の姿は、見えなかった。ジョーは上がって本堂に行くと、母は読経をしていた。

ジョーはその後ろに座り、母は落ち着き払った様子で座っていた。

その姿は何故か小さくきゃしゃに見えた。母の髪は黒かったはずだが、短くしていても半分以上は白髪になっていた。苦悩の表れだろうか、更に老けた様だ。

「母さん帰ってきました」と話しかけた。

「うーん、帰ってきたか。此処はお前の家だ、当たり前だ」

と少しかすれがかった声で言った。

「心配かけました、これからは、この俺が母さんの後を継ぎます」と言った。

母は、ジョーの正面に座り直し、

「なんだその顔は、御仏に合わせる顔ではないわ、汚い成りをして、早く着替えて、風呂に入り髭も剃りな、桂子もそれでは懐かまい。修行は辛かったか、後を継ぐには修行を続ける覚悟でないとな、母は厳しいぞ、良いな」

ジョーは此処に来てまた説教をされるとは思っていなかった。

「山梨から歩いて来たとは感心だ。良い修行になったか」

「はい、でも迷いや、煩悩は消えませんでした。途中で浮浪児と間違えられ、警察に一晩世話になった時もありました。また、日光で虐められていた恋人同士の若者を見ていられなくて、手助けするに羽目になり、これも警察に世話になりました。これも俺の未熟から出た事でしょうか」

母は少し笑いながら、

「少しぐらいの修行で解けるものではない、人間だもの、いや、少しは成長したかな？　見て見ぬ振りが出来ないのがお前だ、それが田島のジョーだろう。

その心がけは捨てない方が良い、なあジョーどんなに悪い人間でも、死ぬまで馬鹿で悪い人間はいない、お前がやっつけてきた男たちは、育った環境や周りの人達に恵まれなかっただけなのだよ、彼らは心のやりどころがなくなり粗暴になっただけなんだよ。

人間の一番醜い所を経験してきたから、彼らが改心した時、立派で強い人間になるんだよ。一番駄目な人間は何となく生きている人間だよ」

ジョーは山梨の寺での三年間の修行について誰にも語ろうとはしなかった。

母もそれを聞こうともしなかった。

それは、ジョーに与えられた宿命だった。

母は、

「私は御仏が好きだ。御仏も私を好いてくれる。だから自然と読経したくなる。人も好きになる。御報謝しなくては、ジョーもそうならなくてはならぬ」

そう言う母は大きく見えた。観音様の様にも見えた。

## 著者プロフィール

**八代 勝也**（やしろ かつや）
1945（昭和20）年生まれ。
福島県出身・在住。

**僧侶になる**

2024年11月15日　初版第１刷発行

著　者　八代 勝也
発行者　瓜谷 綱延
発行所　株式会社文芸社
〒160-0022　東京都新宿区新宿１－10－１
電話　03-5369-3060（代表）
03-5369-2299（販売）

印刷所　株式会社暁印刷


ISBN978-4-286-25781-5